河出文庫

サイレント・トーキョー
And so this is Xmas

秦建日子

河出書房新社

目次

サイレント・トーキョー

And so this is Xmas

プロローグ

記録として、今日、私の身に起きた出来事を記します。

今日とは、二〇一六年の十二月二十二日のことです。木曜日です。

今日も私は、いつもと変わらない朝を迎えました。いつもと同じ午前七時三十分に起き、リビングのカーテンを開けて陽の光を部屋に入れ、洗面所で顔を洗い歯を磨きました。それからキッチンでホットコーヒーとトーストを用意し、テレビの情報番組を眺めながら朝食を摂りました。

「もうすぐクリスマスですね。大事な人へのプレゼント、きちんと考えてますか？」

そんなことをアナウンサーが言うので、

（そうだ、今日は夫のためにクリスマスプレゼントを買いに行こう）

と思い立ちました。

それが、最初の間違いでした。

ＪＲの山手線に乗り、恵比寿駅に向かいました。買い物の場所はどこでもよかったのですが、新宿や渋谷は人が多過ぎるし百貨店も大き過ぎて疲れるので、そこよりはこぢんまりした恵比寿三越くらいが、ひとりで買い物に行くにはちょうどいいかなと思いました。そこで私は、暖かそうなグレーのカシミアのマフラーを買いました。調べていただければ、私のこのメモが本当だとわかると思います。店員さんは、背が高く黒縁のメガネをかけた若い男性でした。

その後、せっかく恵比寿まで来たのだから、お茶くらいしていこうと思い立ちました。三越を出ると、目の前の広場の中に、カフェコーナーが併設されているパン屋さんがあるのが目に入りました。そこで、その店に入り、たまごサンドとホットコーヒーを買いました。これも調べていただけたら本当のことだとわかるはずです。カフェコーナーはかなり混んでいたけれど、ガラス窓の向こうに見えた外のベンチには誰も座っていませんでした。窮屈な店内よりも、日向ぼっこのつもりであのベンチで食べて帰ろう。私はそう思いました。今日は天気が良く、肌寒さはほとんど感じなかったからです。

その選択も、間違いでした。

ベンチに腰を掛け、持っていた巾着バッグを隣に置き、買ったばかりのたまごサンドを食べました。ガーデンプレイスの中央には、バカラの巨大なツリーが飾られていて、その周りで若いカップルやベビーカーを押している親子連れが笑顔で写真を撮っていました。それがなんだか微笑ましくて、自分もこのサンドイッチを食べ終わったら、あのツリーの前で写真を一枚撮ってから帰ろう、そんなことを考えていたら、私の目の前に、誰かがすっと立ちました。

男の人でした。

他のベンチも全部空いているのに、なぜか私の前にその男の人は立ちました。

私は、不審に思いつつ、隣に置いていたバッグを膝に乗せ直しました。

彼は座りませんでした。その代わりに、

「おばさん。落ち着いて聞いてくださいね」

と言いました。

「実はね、このベンチの下に爆弾があるんですよ」

「？」

私は、その言葉の意味がすぐには理解できませんでした。

「実はね、このベンチの下に爆弾があるんですよ」

やけに穏やかな言い方で、それがとても気持ち悪く感じました。とにかくこの男から離れなければ。そう思って立ち上がろうとしたら、突然両肩を強い力で押さえられました。

「だめですよ。あなたが立ったら、爆発してしまいます」

「は？　あなた、何なんですか？」

意味がわからず、その男に強い口調で尋ねました。

男は黒いニット帽を深く被っていて、表情はあまりわかりませんでした。黒いダウンジャケットにジーンズ。確か、濃紺のスニーカーを履いていたと思いますが、靴までは自信がありません。

男は、口に人差し指を立て「しーっ」と言いました。それから、

「あなたが座っているベンチの下に、僕は爆弾を仕掛けました。三十キロ以上の負荷がかかると爆発待機状態になり、それが三十キロ未満のレベルに戻ると爆発するんです」

「……あなた、何を言っているの？」

「あなたが今どういう状況下にあるか、きちんと説明しているんです」

「説明って……」

「あなたはこのベンチに座ってしまった。このまま立ち上がれば爆発に巻き込まれて死

んでしまいます」

「バカなことを言わないで！」

「すみません。でも事実なので。まだ死にたくはないのなら、これから僕の言うことを聞いて、その通りに行動してください」

「！」

「死」という言葉を出された瞬間、体がすくみました。悪質な冗談に違いない……理性ではそう思っていても、もう体が動かないのです。

「このままここに座っていてください。あと少ししたら、人が来ます。『ニュース・ドクター』という番組のスタッフです。知っていますか？　ＫＸテレビで月曜から金曜までやっている人気情報番組です。そこのスタッフが来ます。何人来るかは知らないけれど」

「……」

「彼らが来たら、まず彼らの一人をあなたの横に座らせましょう。そうすればあなたは立ち上がることができる。そして、今僕がしたのと同じ説明を彼らにしてあげてください。その人たちが、あっさり爆発で死んでしまわないように」

「……」

「ここまでは、ご理解いただけましたか？」

「……」

男はやけに丁寧な口調で訊いてきました。私は、恐怖で声が出ませんでした。それで、とにかく二度、首を縦に振りました。男はそれを見ると、満足げに口元に笑みを浮かべました。そして、

「全ての説明が終わったら、あなたから彼らに、僕の言葉を伝言してください」

そして、男は私の耳元に顔を近づけ、そっと囁きました。

「これは、戦争です」

第一章

1

六本木。夜。

高層ファッションビルの二十四階。店内をぐるりと囲む巨大な強化ガラスの窓から、東京タワーや汐留の再開発地区をフィーチャーした夜景が一面に広がっているのが見える。

ビストロ「ＫＩＲＡＫＵ」。

その日、朝比奈仁（あさひなじん）は、店のキッチンでガーリックライスを炒めていた。

と、グランシェフが隣に来て、彼にそっと耳打ちをした。

「ホールが全然回ってないんだ。こいつは俺がやっとくから、おまえ、今だけレジを頼む」

「わかりました」

今日、クリーニングから返ってきたばかりの真っ白なエプロンで両手を拭く。それからキッチンを出て、ホールを横切ると店の出入口前にあるレジカウンターへと向かった。

レジの前には、既に、客が待っていた。

大柄で、筋肉質な、西洋人だった。

Tシャツの上からでも明確にわかるほど隆起した大胸筋。日焼けした丸太のような腕。腹筋はさすがに見えないが、きっとシックスパックに割れているだろう。髪は薄茶色で短くカットされていて、意識して鍛えられたであろう太い首に、マットシルバーのネックレスがかけられている。

軍人だな……

一目でそうわかった。

「たいへんお待たせいたしました」

仁は、レジに入り、伝票を見る。

「二万八千円になります」

が、男は動かなかった。財布を出しもせず、ただ、仁の前に立っている。

「?」

仁は、顔を上げて男を見た。男はじっと仁を見ていた。当然、目が合った。目が合った瞬間に、仁は全てを理解した。バレている。相手は既に自分の秘密に気がついている。

「今日は、とてもＬｕｃｋｙな夜だ。ＴＯＫＹＯで、こんな出会いがあるなんて」

男は、流暢な日本語で言った。そして、

「あんた。それで隠しているつもりなら甘いぜ。俺にはすぐにわかったよ」

と言って、ニヤリと笑った。

仁は動けずにいた。何も言わず、ただ混乱していた。と男は、レジ横のスペースに置かれていた店のカードを一枚取り、カウンターに転がっていた安いボールペンで電話番号を書きつけた。そしてそれを、仁のエプロンのポケットに乱暴に突っ込んだ。

「店が終わったら電話をくれよナ」

「……」

「くれなかったら、俺はまたこの店に来る。でも、おまえはそれは困るんだろう？」

☆

銀座。夜。

その日、印南綾乃（いんなみあやの）は、中央通りにある、とある多国籍料理店でＩＴ関係の男たちとの合コンに参加していた。合コンという形の飲み会はあまり得意ではなかったが、友人の高梨真奈美（たかなしまなみ）に強引に連れて来られ、五対五の長方形のテーブルの一番端の席に座らされていた。男性のうち、一人だけ大きく遅刻していて、そのせいで綾乃の前の席はずっと空席だった。綾乃は手酌でビールを飲み、料理を遠慮なくつまみ、お腹いっぱいになったら先に帰ろうと思っていた。男たちの話は退屈だったし、積極的に彼氏をほしいとも思っていなかった。彼氏なしのクリスマスでも、それはそれでいいじゃないか。

合コン開始から一時間。そろそろ帰るタイミングかと椅子の下の鞄に手を伸ばした時、大遅刻の五人目の男が来た。ガリガリのひょろっとした体。真っ白な肌に鋭い目。他の男性は全員スーツなのに対し、彼はヨレヨレの白のロングTシャツに、油ジミが付いたままのデニム、そして砂埃がやけに目立つスニーカーといういでたちだった。

「遅くなりました。須永です」

須永基樹(すながもとき)。この男が本日の合コンの目玉商品だからね、と真奈美はここに来る前に何度も言っていた。先月に発売された週刊誌「ｈａｖｅ ｏｎｅ'ｓ ｄａｙ」の表紙になった男だ。この週刊誌の表紙になるのは、各界を代表する若き有名人。そのくらいは、綾乃も知っている。須永基樹は、綾乃と同じ三十歳。スマホのアプリ開発の会社を自ら経営し、個人資産は十億円を軽く超えているという噂だ。

須永は、ストンと、綾乃の前の席に座った。

他に見るべきものもないので、綾乃は須永を観察していた。金持ちには見えないが、頭は良さそうに見えた。整った可愛い顔をしているが、性格は冷たそうだ。根拠はないけれど。

幹事役の男子が、須永が週刊誌の表紙になったのを自分のことのように自慢し始めた。

「すげえよな。雑誌の表紙とか、俺には百年頑張っても無理！」

両手を振り、大げさに言った。

「いいことばかりじゃないよ」

須永はつまらなそうな顔で答えた。

「そう？　有名になるって気持ちいいだろ？」

「そうでもない。まず、よくわからないメールが大量に届く。理不尽に褒められたり、理不尽にけなされたりする。どっちにしろ意味がわからない。あと、話した記憶もない同級生とかから連絡が来る。どこそこのパーティで会ったとか、顔も覚えてないようなやつからも連絡が来る。でも、そういうことがストレスだと言うと、なぜか俺の方が変わり者みたいに言われることが多いんだ。あるいは贅沢病だよ、とかね」

なるほど。そういうものなのか。

「で、そういう目に遭うと、俺はスティーヴン・キングが言った言葉を思い出してアンガーマネジメントに努めてきた。『ウンコ投げ競争の優勝者は、手が一番汚れていない人間だ』。他人に悪意を投げつけるより、そんな無意味なことで手を汚さないのが人間の品格のはずだってね。だから俺は、最近ではそういうストレスをポジティブな思考に転換するきっかけにしようと考えることにした。例えば、俺が正常で向こうが異常なのか、それとも向こうが正常で俺が異常なのか。そこのところを数式でロジカルに計算する方法がないだろうかって」

「は？　なんだそれ」

「数式にできればいろいろ応用が可能で世の中の役にも立つと思うんだ。例えば、たまたま、今、同じマンションに挙動不審なやつが住んでるんだけど……」

「挙動不審？」

「そう。でも、何がどう不審なのかって、そういうのは説明が難しいじゃないか。第六感ってやつだからね。管理会社に何か言うにしても警察に何か言うにしても、具体的な説明ができないと困る。でも数式でロジカルに計算できるなら、そういうストレスもなくなる。彼は数値27だから正常とか、彼は数値65だからやや危険とかね」

それからしばらく、須永は、数学的な話を淡々と続けた。綾乃には、その内容の大半はわからなかったが、須永という男がかなりユニークな人間であることは理解できた。そこで合コンから先に抜けるのはやめ、とりあえず一次会の終わりまでは彼の話を聞いていようと考え直した。

十分くらい経っただろうか。須永のスマホがメールの着信を告げた。彼は不機嫌そうにちらっと画面を確認すると、

「……悪い。急用」

と会話を切った。須永は席を立った。そして、店にはもう戻ってこなかった。

☆

赤坂。昼。

赤坂の駅から歩いて二分。四十階建てのKXテレビの本社ビル。その豪奢なビルの三十一階の一番奥に、来栖公太がバイトとして働いている情報番組『ニュース・ドクター』のスタッフルームはある。ステンレスのグレーのデスクが向かい合わせに六つ。それぞれのデスクの上には書類や取材資料などが山積みになっていて、デスクの向かい側の相手の顔を見ることはほぼできない。大学四年生の来栖公太は、ここで半年前から、弁当の手配、車の運転、スタッフルームの掃除、お茶出し、現場取材のアシスタント、インサートするテロップ原稿の下書きなど、雑用係として忙しく働いていた。目標は、ここで局員の誰かに気に入られ「KXの契約社員にならないか」と声を掛けられること。既に、正規の就職活動は全敗が確定しているので、公太は精神的にかなり追い詰められていた。

その日、公太はスタッフルームの隅で、視聴者から番組に寄せられた声をせっせとファイルにまとめていた。昨日放送した「東京はテロの標的になるのか⁉」という特集。人気若手議員の不倫会見が延期になり、急遽差し替えられた穴埋め企画だ。

司会者が何度も訊く。

「日本って安全なんですか？　安心していていいんでしょうか？」

ゲストの政治家が何度も言う。

「危機管理には万全を期しています」「他国と比較した場合、日本は極めて安全だとデータが実証しています」

目新しい情報は何もない。今の首相になってから、日本人の立ち位置は明確になった。テロ組織から見た場合、日本人は敵。いつでもテロや誘拐の標的。ただ、日本という国は紛争地域から遠く離れているので、国内にいる限りは多分安全。

すると、「バイト！　ちょっと来い！」という声がいきなり飛んできた。番組の総合演出家で、プロデューサーも兼務している正社員の木田康夫が、遠くから中指を天井に向けて突き立て、その中指だけでおいでおいでをしている。

（相変わらず下品な人だな）

公太はファイルを閉じて、木田のもとに走った。木田の脇には、二年先輩のAD・高沢雅也が既に待機していた。

「ついさっきな、恵比寿ガーデンプレイスに爆弾を仕掛けたという電話がうちの番組あてに入った」

「は？　爆弾？」

木田は、不機嫌そうな顔で言った。

「どうせイタズラに決まってるが、ここんとこネタ枯れだからな。おまえら下っ端二人で一応カメラ持って行ってこい。イタズラならイタズラで、憤慨する関係者の顔でも撮ってこい」

「わ、わかりました」

　高沢が困惑した顔で答えた。公太もきっと同じような顔をしていたと思う。ガセなら（確実にガセだと思うが）それはもう完全に不毛な無駄足だし、万が一（というような確率すらないと思うが、もし万が一）ホンモノのタレコミなら、自分の命が危険だ。どちらにしてもロクな命令ではない。

　公太と高沢は、千代田線で赤坂駅から明治神宮前駅に出て、そこからJR山手線で恵比寿駅に来た。東口を出て、スカイウォークを使って恵比寿ガーデンプレイスの入口へ。

「その電話、何だっけ。ベスポジで撮影したければ、パン屋前のベンチに来い……だっけ？」

　高沢が不機嫌そうに確認してくる。

「はい。三つあるやつの真ん中です」

　公太は早足で移動する高沢の背中に向かって言った。

「くだらんイタズラだな」

　高沢はそう吐き捨てるように言った。

「まあ、そうですよね」

「どっかから望遠で俺たちを隠し撮りするのかもな。『ニュース・ドクター』の馬鹿スタッフ発見とかタイトル付けられて、そのうちＹｏｕＴｕｂｅあたりで晒されるのかもな」

「それは嫌っすね」

公太と高沢は、そんな会話をしつつ、ガーデンプレイスの敷地に入った。平日の中途半端な時間ではあったが、センター広場はそれなりに混雑していた。右側にはビヤホール。左側にはカフェコーナー併設のベーカリー。そのベーカリーの周囲に、木製のベンチがいくつか置かれている。

「あれか？」

高沢が立ち止まり、ベンチを指差す。

「ええ、そうです」

ベンチには先客がいた。三越の紙袋と黒い巾着型のバッグを膝に乗せた四十歳前後に見える女性だ。公太は、デニムのポケットからスマホを取り出し時計を見た。十五時〇五分。爆破予告の時間まであと二十五分。

「どうせイタズラなのにな」

高沢はまたそう愚痴ると、女のいるベンチの隣のベンチに向かった。

「真ん中でなくたって別にいいだろ。あ、帰りにさ、ラーメン食って帰ろうぜ。恵比寿の駅前に美味いラーメン屋があるんだよ。ギトギト脂っこいやつ」

「いいっすね！」

高沢の誘いに公太は嬉しそうに返事をした。本当は腹は減っていないし、ラーメンはあっさり系が好きだ。が、もちろん、そのことは口に出さない。なぜなら、高沢は公太と違ってＫＸテレビの社員であり、長い目で見たら、絶対に彼から可愛がられている方が得だからだ。

二人は左端のベンチに座ろうと、先客の女の前を通過した。

その時だった。先客の女が突然話しかけてきた。

「このベンチに座ってください」

「え？」

「カメラを持っているってことは、『ニュース・ドクター』のスタッフの方ですよね？　なら、このベンチに座ってください」

「……」

公太と高沢は顔を見合わせた。イタズラはイタズラでも、ちょっと事前の予想とは違う展開だった。公太は改めて女を見た。小柄な女だ。黒いロングコート、黒いショートブーツ。肩まで伸びた髪には毛先にかけてふんわりとパーマがかかっている。この周辺に住むちょっとしたセレブなマダムだろうか。彼女の声は、微かに震えていた。

高沢が、女の隣にドカッと座った。

「おばさん。あんたがうちに電話してきた人？」

ぞんざいな口調で言う。が、女は高沢が座った途端、跳ね飛ぶように立ち上がり、ベンチから数メートルの距離を取った。

「？」

高沢も、公太も、彼女の青ざめた表情を見て混乱した。

「私の言うことをきちんと聞いてほしいの」

女は囁くような声で、まず高沢に言った。

「あなたはもう、絶対にそこから立たないで。絶対に」

「はあ？」

「爆弾は、そのベンチの真裏に貼り付けられているの。三十キロ以上の重さでスイッチが入り、三十キロを下回ると爆発するの」

「！」

高沢は、ギョッとした顔になった。腰を浮かそうとしたが、女の言葉の切迫した雰囲気に気圧されて、そのまま立たなかった。

女は次に公太に向き直り、

「あなた、手を出して」

と言った。

「俺？」

「そう。あなた」

怪しい女に突然手を出せと言われ、公太は躊躇(ちゅうちょ)した。と、女は、

「早く!!」

とびっくりするような大声を出した。通行人たちが何人かこちらを見たのが視界の端

に見えた。次の瞬間、女は公太に詰め寄ると強引に彼の右腕を摑んだ。ダウンジャケットの袖を素早く十センチほどまくり上げ、手錠のようにガチャンと公太の手首に黒いスポーツ時計をはめた。

「？」

公太は、時計を見る。表示は、時間のみのシンプルなデジタル時計だ。

「何ですか、これ……」

公太は、時計と女を交互に見た。女は、自分の右腕を公太に見せた。同じ、黒のデジタル時計が見えた。

「……時計も爆弾らしいの」

女は、また囁くような声に戻った。

「は？」

「時計も爆弾なの。ベンチの裏と、この時計。どちらも爆弾なの。時計も無理やり外すと爆発すると言われてる」

「言われてるって、誰からですか！」

「そんなの知らないです！　知らない人です！」

女の目に、微かに涙が見えた気がした。公太と高沢は、もう何も言えなくなっていた。

「その人は、あなたたちが来たらこう言えと言っていました」

「……」

「きちんとカメラを回すこと。テレビ局に電話をして、その映像を『ニュース・ドクター』できちんと流すように言うこと」

「……」

と、その時、携帯の着信音が鳴った。それだけで公太の心臓は痛いほど暴れた。念のため、デニムのポケットのスマホを触る。バイブが震えてはいない。自分への着信ではない。女にだった。女は、手に持っていた紙袋の中からスマホを取り出し、耳にあてた。

「はい……はい……はい、わかりました」

携帯の向こうの声は、公太には聞こえなかった。携帯を切ると、女は公太に言った。

「あなたは、私と一緒に行かなければなりません」

「え？」

「拒絶すれば、遠隔操作でその時計を爆破するそうです。体の半分がなくなります」

「！」

女は、公太のダウンジャケットを掴んだ。

「行きましょう」

「……」

拒絶もできないまま、公太は女と一緒に歩き始めた。

「おい、俺を放置する気か！」

背後で高沢が叫んでいる。

「おいっ！　公太！」

公太は、ベンチの方を振り返ると、

「よくわからないけど、従うしかないでしょうが！」

と怒鳴った。そして、

「高沢さんは、カメラ、回してください」

と付け加えた。

2

恵比寿三越の二階。「関係者以外立入禁止」と書かれたドアの奥に、六畳ほどの小さな警備室がある。その日、警備室には前田孝雄（まえだたかお）が一人で駐在していた。定年後の再就職としては、なかなかいい選択だったと思っている。窓からは、ガーデンプレイスのきらびやかな景色が見えて気分がいいし、仕事はかなり暇だ。見回りの時以外は、大好きな時代小説を持ち込んで読む。たまに万引きの現行犯で警備室直通の電話がかかってくるが、万引きは金額にかかわらずすぐに警察に通報する決まりになっているので、大した労力を使わない。

壁に掛けられた白い電波時計を見る。十五時二十六分。巡回まで四分。一時間に一度、この義務だけを果たせば、それで仕事は終わったも同然だ。前田は読みさしの小説を閉じ、小さな手鏡を見ながら「安楽綜合警備保障」のエンブレムが付いた緑の制帽を被り直した。そして、いつものように白髪まじりのもみ上げを丁寧に整える。

と、突然、警備室のドアが開いた。入ってきたのは、ダウンジャケットにジーンズ、そして茶色に髪を染めた若い男だった。

「どうされましたか?」

できるだけ丁寧な口調でそう尋ねた。

「あの……」

若い男は、不自然なほど落ち着かない様子だった。

「何かご用ですか?」

「あの……なんというか……」

そして、突然「ああ」と呻き、茶色の頭を掻きむしった。それを見て前田は、この男は少し頭がおかしいのではないかと思った。

すると、若い男の後ろから、背の低い四十代前半の女が顔を出した。男の後ろにすっぽりと隠れていたせいで最初は見えなかったのだ。その女は囁くように、

「でも、ありえない話じゃないと思うんです。今の私たちの状況から見ても」

と言って、手首にはめた黒い腕時計を前田に見せた。

まったく意味不明な二人だった。

「お客様、ここは警備室ですので、何かご不明な点がございましたら、どうぞ一階のインフォメーションの女性にお尋ねいただけませんか？」

前田はそう丁寧に言った。

「いや、そういうことじゃなくて……爆弾のことを言いに来たんです」

女が言った。

「は？」

「あと三分で、恵比寿ガーデンプレイスの中で爆弾が爆発するらしいんです！」

「は？」

「いえ、あと二分三十秒です。いえ、二十五秒です」

「は？」

「犯人は、館内放送を流せと言っています。今すぐ逃げろって」

「……」

前田は、目の前の男と女を凝視した。そして、

「これ以上、そんな話をするのなら、私は警察に電話をしますよ。そうしたら、あなたたち二人は威力業務妨害で逮捕されると思いますよ」

と告げた。

「つまらない冗談はやめて、さっさとここから出て行きなさい」

が、男も女も動かなかった。

「あなたが館内放送をするまで、私たちはここを動けないんです」

女が言った。

「あと一分と十五秒しかない！」

男が泣くような声で言った。

「ベンチよ！　ベンチの裏に爆弾があるの！」

女が言った。

「あなたも窓から見てみてください！　パン屋の前のベンチに男が座ってるでしょう！」

「あと一分！」

男が叫んだ。

前田は、目の前の男女に不気味な恐怖を感じ、窓際に後ずさった。ちらりと外を見る。

ベーカリー前のベンチには確かに若い男が一人座っており、手元にカメラを抱えている。距離が遠いので表情までは見えないが、体が緊張で硬直しているように見えた。

爆弾？

いや、まさか。そんな、東京のど真ん中で、爆弾だなんて。

「早く館内放送を流して！　お客さんを避難させるのよ！」

女が言った。

「もうダメだ。あと三十秒しかない！」

男が叫んだ。

「あと、二十秒！　ちくしょう！　高沢さんが死んだらあんたのせいだからな！」

男は前田に向かって吠えた。壁の時計を見る。十五時二十九分四十五秒。彼らの言うことが真実なら、あと十五秒で爆発が起きる……

女は黙った。男は頭を抱えてしゃがみこんだ。

前田はもう一度、外を見た。


「!!!」


時計が十五時半になるのとまったく同時に、その爆発は起きた。

爆発したのは、カメラの男が座るベンチではなく、そのベンチの近くにあった青いプラスチックのゴミ箱だった。ゴミ箱は激しく回転しながら、二階にいる前田の目線より高く舞い上がった。

3

冷静に考えれば、それはまだ大した事件ではなかった。

被害はゴミ箱が一つだけ。轟音とともに砂埃は派手に舞ったが、その時点では怪我人一人出てはいなかった。

しかしそれは、前田の肝を潰すには十分な出来事だった。犯罪の予告があり、そして、その予告通りの時間に爆発が起きた。

(テロかもしれない)

前田は咄嗟にそう思った。アメリカが世界の警察を気取って中東で戦争を起こしてからというもの、自爆テロのニュースを聞かない日はほとんどない。去年はパリで大きなテロがあった。その後、アメリカの片田舎でも、過激思想に共鳴した若者の銃乱射事件があり、更に東南アジアでも幾度となく爆破テロや銃の乱射事件が起きた。中東でのテロは、あまりにも数が多くてニュースにすらならない。でも、テレビではいつも、過度の心配は必要ないと言っていた。

日本では、多分、起きない。

日本は、島国だから、他の国に比べて安全。

日本は、お金を出しているだけで、空爆に直接は参加していないしね。

「だから、言ったじゃないですか！」

男の叫び声が、室内に響き渡った。

「あんたが俺たちの言うことを信じないから‼」

前田は、男の言葉で自分の仕事を思い出した。避難。そうだ、客を避難させないと！

前田は館内放送用のマイクを摑むと、動揺した心のまま話し出した。

「ただ今、広場で爆発が起きました！　お客様はどうか避難をしてください。私は、これから警察に連絡をします。とにかく、避難をしてください！」

マニュアルを無視したアナウンス。「落ち着いて」の言葉もなく、「係員の指示に従え」もなく、「どこに避難するのか」の具体的な指示もなく。なので、警備室からのこの館内放送は、当事者に恐怖と混乱を与えただけだった。百貨店の全ての売場でパニックが起こった。人々は我先に階段やエスカレーターに殺到した。幼児は泣き叫び、老人や女性が突き飛ばされて床に転んだ。流血事故が起き、「助けて」と言う声が、方々からあがる。踊り場の真ん中で転んだ女性につまずいて更に人が転ぶ。それを踏みつけるようにして大人の男が走る。

来栖公太は、彼と同じ「外せない腕時計」を着けた女とともに、その混乱の中を走った。そして、三越の外に出ると、恵比寿駅には向かわず、陸橋を渡ってから最初の信号を左に折れた。女の震える手を掴み、とにかく歩く。それが、犯人からの指示だと女が言うのだ。歩きながら携帯を道端に投げ捨てる。もちろん、それも犯人からの指示だ。途中、何台ものパトカー、機動隊のバス、それに救急車とすれ違った。どの車両も、手をつないで歩道を歩く、歳の差二十歳ほどのこの奇妙なカップルに注意は払わなかった。そう言えば、高沢はどうしているだろう。あのベンチはまだ、爆発せずに残っているだろうか。そして彼は、震えながらまだあそこに座っているのだろうか。

と、その時だった。

先ほどよりはるかに大きな爆発音が聞こえてきた。何かがまた爆発したのだ。そう思った。重低音が、猛烈なスピードで地面を走り、そのパルスが公太の足の裏から駆け上るように、彼の全身と、そして精神を激しく揺さぶった。

公太はその場にしゃがみこんだ。高沢は死んだだろう。公太にとって、高沢はただの職場の先輩で、友情めいたものを感じたことは一度もなかったが、それでも、知人の無残な死を想像すると、ショックでやりきれない気持ちになった。高沢が死に、自分が今こうしてまだ生きているのは、ほんの偶然に過ぎないのだ。自分が先にあのベンチに腰を掛けていたら、高沢がここにいて、自分はあの広場でバラバラになっていたのだ。

と、連れの女が、公太の腕を強く引っ張った。

「行くわよ」

「……」

「私たちは、行かなきゃ」

「……」

公太は、自分の右手首に巻き付いている黒いシロモノを見た。腕時計としての機能も持っている。でも、これの本来の用途は時計ではない。これは、遠くの誰かが起爆装置を押すだけで、公太の半身を砕き、その生命を奪うものだ。公太はもう、それを疑わなかった。

彼は、のろのろと立ち上がった。


二人は、目黒駅前を通過し、線路脇の小道を延々と五反田駅の手前まで歩いた。連れの女は、何度か携帯を取り出して地図らしきものを見る。

「それ、おばさんのですか?」

公太が尋ねる。

女は首を横に振り、

「私のは取られちゃったの」

と短く答えた。

やがて二人は、住宅街の中にある、地味なグレーのマンションまで来た。特に特徴らしきもののない七階建てのマンションだった。玄関脇の看板に「ウィークリー&マンスリー」と書かれていたので、ここは普通のマンションではなく、中長期の出張者向けの家具付き物件なのだろうと想像ができた。

「このマンションの七〇三号室へ行けって」

女は言った。

「……わかりました」

二人は、エントランスのガラス扉を押して中に入った。ダイヤル式の集合ポストの前を通過し、奥のエレベーターに乗り込む。「7」というボタンを押し、上向きに体が動き出すのを感じる。振り返ると、連れの女の顔色がやけに白く思えた。

「大丈夫ですか?」

間抜けな質問だと思いつつ、そう訊いてみた。

「あんまり大丈夫じゃないみたい」

と小さく首を横に振り、女は肩をすくめた。当たり前だ。大丈夫なわけがない。この状況では、大丈夫な方がどうかしている。

七階への到着を告げる音が鳴り、二人はエレベーターを降りた。出ると、右に二つ、左に一つ、シルバーのドアがあった。

「この部屋ね」

そう言って、女は左端のドアを指差した。

「七〇三」

公太は、ドアノブに手を触れてから、急に嫌な予感がして手を引っ込めた。サスペンスの映画などでは、こういう時、ドアを開けた瞬間に爆弾が爆発したりする。いや、まさか。それは考え過ぎだ。テロとかそういうものは、人が大勢いるところでやるものだ。犯人が公太たちを殺すつもりなら今までいくらでもチャンスがあったわけで、わざわざ三十分以上ここまで歩いてこさせる理由もない。

公太は、一度、深呼吸をした。そして、

「開けますね」

と女に宣言した。

「……はい」

か細い声で返事がきた。

「開けます」

もう一回そう言って、公太は思い切ってドアを開けた。ドアは施錠されておらず、音もなくするっと開いた。玄関口に入る。靴を脱ぎ、短い廊下を進む。突き当たりのリビングは八畳ほどの大きさで、窓は二つ。部屋の真ん中には木の小さめのテーブルがあり、それを囲むようにL字の黒い合成皮革のソファー。左の壁には、四十二インチの薄型液晶テレビが置かれている。そして、電源の入っていない真っ黒なテレビ画面に、白い封筒がセロハンテープで仮止めされていた。

「あれ、何かしら」

女が言った。

「手紙かしら。犯人からの」

公太は、無言でその手紙を手にとった。ペリペリとテレビから剝がす。外側には何も書いていない。思い切って封を切った。

中には、四つ折りの白い便箋が一枚入っていて、公太と女への次なる指示が書かれていた。

4

男は、恵比寿で起きた事件を、スマートフォンのワンセグ視聴アプリを使って観た。

番組名は『ニュース・ドクター』。

お笑い芸人からニュースキャスターに転身した司会者が、珍しく緊張で表情を硬くしていた。スタジオの後方に置かれた大型モニターでは、恵比寿ガーデンプレイスの広場からのライブ映像が映し出されている。

大勢の人間が、我先にと逃げている。

サイレンの音が聞こえてくる。

消防と、警察と、それぞれのサイレンが入り混じっている。台数まではわからない。

カメラの映像は、ずっとグラグラっと揺れている。そして、

「助けてくれ！　誰か、重石(おもし)を！　三十キロ必要なんだ！　頼む！　誰か三十キロ!!」

という叫び声がやけに大きくモニターされている。

警察官たちが、バラバラとカメラの側に駆け寄ってきた。

「切れ。カメラは切れ」

そんな声がした。

「でも、犯人からの指示なんだ！　このベンチの下に爆弾があるんだ!!」

悲痛な声で、カメラを持っている男が言い返す。

「液体窒素来ました！」

別の声がした。

液体窒素で起爆装置を凍らせるつもりなのだと男は思った。予想通りだ。それが、爆発物処理の最も基本的なやり方だからだ。起爆装置を凍らせ、安全な場所に移動し、そこで改めて爆破する。

（でも、そのやり方が、いつでも通用すると思ったら大間違いだ）

男は、恋人の声を思い出した。

もう二度と聞くことのできない声だ。

（もしこれが戦争なら……）

画面の中で爆発が起こった。轟音とともにカメラ画像は乱れ、そしてすぐに、何も映らなくなった。

5

警視庁渋谷署内の空気は、その日、激しく乱高下した。

「恵比寿で爆破テロ発生！」

十五時三十一分。署内は大きくどよめいた。その一一〇番通報は、担当の所轄に回されると同時に、警視庁警備二課爆発物対策係、通称「爆対」にも回された。通常は、所轄が先に現場に行き爆発物の可能性ありとの報告を受けてから爆対は出動するのだが、今回は「既に爆発している」との通報だったので、爆発物の処理装備を完備している機動隊「S班」とともに、爆対にも出動命令が出た。

五分後に、第二報がきた。

「ゴミ箱に仕掛けられた、ただの大きめの花火かもしれない」

「悪質なイタズラのせいでパニックが起き、転倒などで負傷者は出ているが死者はいない」

最初の衝撃が大きかった分、署の雰囲気は一気に緩んだ。なんだ。その程度なら、機動隊S班も爆対も必要ないじゃないか。渋谷署だけで対応できるだろう。たかが花火を使ったイタズラを「テロ」だなんて、よっぽど通報者は小心者かつ粗忽な人間に違いない。捜査員たちはそう軽口を叩いた。

その二分後に、第三報が来た。

「ベンチ下にもう一つ、爆発物らしきものがある」

再び署内に大きなショックが走った。

機動隊S班が、起爆装置を無効化するために極低温の液体窒素を噴霧。ところが、逆にそれをきっかけにして「それ」は爆発した。

いや、正確には、爆発ではない。それは「空砲」だった。

轟音と閃光。しかし、爆風は起きなかった。

それでも、ベンチに座っていた高沢というテレビ局員は、ショックのあまりカメラをコンクリートの地面に落として壊し、自らの精神も同時に損傷した。現在は現場のすぐ近くにある東京共済病院に収容されているが、まだ満足に会話ができないという。また、その時、爆破物の無効化にあたった機動隊員三名も、それぞれ死を体感し、同じ病院に運び込まれた。特に外傷はないが、手指の震えや吐き気などを訴えているという。

さて。この事件を、一体どのように判断すべきか。

捜査本部を設置し、大々的な捜査体制をとるのには、「国民に不安感を与える」「愉快犯を増長させる」として反対の声がすぐに出た。が、本庁公安部長の鈴木学警視監は、「この事件は警察組織をあげて解決すべき最優先事項だ」と強く主張した。鈴木の主張の根幹は、機動隊S班と爆対が合同であげてきた、そのレポートの内容にあった。

（そのレポート作成の迅速さに、鈴木学は深い感謝を覚えたことも付け加えておく）

爆発物の残留物を収集分析した結果、現段階で下記の特徴が認められた。

・当該物は重量センサーを内蔵し、重量の変化に合わせて起爆する性能を有していた。

・当該物は温度センサーも内蔵し、設定した温度を下回った瞬間に起爆するよう設計されていた。これは、機動隊による爆発物処理が、主に液体窒素による急速冷凍であることを熟知した人間による仕業と思われる。

・当該物は、あえて爆音と閃光のみ発生するように組み立てられていたが、通常はプラスチック爆弾などを内蔵できるよう、そのスペースとそこへの通電装置も装備されていた。

〈結論〉
・この事件は、爆発物の設計・取り扱いに熟達した人間の手による犯行と思われる。

爆発物の設計・取り扱いに熟達した人間の手による犯行と思われる……

その一行を、鈴木は繰り返し繰り返し読んだ。

一体、どういう犯人なのだ。重量センサー。温度センサー。ネットで爆発物の作り方をダウンロードした程度の愉快犯とは次元が違うことは間違いない。では、犯人はどんな人間か。まさか、元機動隊員？　あるいは元自衛官？　それとも、海外から日本に潜入した本物のテロリスト？　最悪を想像すればキリがなかった。

鈴木の主張が通り、恵比寿の事件が起きた二十二日の十七時ちょうどには、警視庁渋谷署に捜査本部が設置された。

「恵比寿狂言爆弾事件捜査本部」

という〝戒名〟が付けられた。

狂言、という言い方はいかがなものか。そう鈴木は、内心ため息をついた。どんな時にも、事態を矮小化したい人間というのは存在する。矮小化することによって、自分の仕事が増えないよう、あるいは経歴に傷が付かないよう、そんなことばかり考えている人間たちだ。今回の事件は、狂言ではない。事実、機動隊と警備二課爆対というプロフェッショナルたちの目の前で、「それ」は爆発しているのである。それが空砲で、避難の混乱で怪我人が出ただけで死者はゼロという結果になったのは、犯人のある種の「温情」に過ぎないのだ。だが今は、戒名についてあれこれ言っている時間はない。捜査そのものをとにかく前に進めなければ。鈴木は自ら渋谷署に出向くことにした。

6

渋谷署生活安全課少年係に所属する泉大輝（いずみだいき）巡査は、直属の林課長より「恵比寿狂言爆弾事件捜査本部」への出向を命じられた。泉の警官人生は、まだ始まってからわずか四年で、「捜査本部」と呼ばれるものへの参加はこれが初めてだった。

捜査の相棒は、同じ渋谷署の交番勤務、世田志乃夫（せたしのぶ）という警部補だと伝えられた。

「あと十五分で会議が始まる。おまえも出ろ。世田警部補もうこの署に来ているはずだ。ちゃんと先に挨拶をしておけ。あの人は今は交番勤務だが、その昔は本庁でバリバリだった人だからな」

それで、泉はまず、父親ほど年齢の離れた新しい相棒を探しに署内を走った。課長の林は失念していたようだったが、実は、泉は世田と一緒だったことがある。かつて泉が新人だった頃、半年ほど交番勤務の時に一緒だった。指導係だったのだ。

世田は、刑事課にはいなかった。食堂にもいなかった。大会議室にもまだいなかった。彼は、一階の正面入口横にある喫煙スペースで、とても不味そうな顔をしながら短いタバコをくわえていた。

「世田警部補。お久しぶりです。泉です」

泉は張り切った声で挨拶したが、世田はウンともスンとも言わなかった。ただ眠そうに目を細めて泉を見ただけだった。

「あと五分で会議です。捜査一課だけでなく、なんと公安部長まで来るみたいですよ」

「……」

「世田さん?」

「おまえ、相変わらずだな」

「?　はい?」

「おまえ、そんなピチピチのスーツで捜査ができるのか?」

「いや、これ、実はストレッチ生地なんで、結構動きやすいんですよ」

そう泉が答えると、世田は、

「はは。おまえ、余裕だな」

と言って、手をヒラヒラとさせた。自分の何が余裕なのかまったく泉にはわからなかったが、その辺りを追及していると会議に遅れそうだったのでスルーした。

　捜査本部には、署の四階にある大会議室が使われることになっていた。正面のシルバーの扉には「恵比寿狂言爆弾事件捜査本部」という戒名を書いた紙が貼られていた。ノブに手を掛け、重い扉を押して中に入る。会議室には、木の長いテーブルが横に三つ、縦に十列並べられている。既に、本庁の捜査一課と公安部の刑事たちで前方は埋め尽くされていた。後方は、所轄の捜査員だ。強行犯係を中心に、署内のあらゆる課から人員が集められたようだ。正面壇上奥には百五十インチの大型モニター。そして、捜査員側を向いて一列長いテーブルがやはり三つ。右から、渋谷署副署長の飛野和義。渋谷署署長の飯倉健治。本庁公安部長の鈴木学。それから、名前はわからないが、明らかに本庁のお偉いさんが数人。そして左端には、渋谷署の警備課長、相良一郎が座っていた。

「前の方に二つ、席が空いてますよ」

　そう言って歩き出した泉の腕を、世田がグイッと掴んだ。

「所轄は後ろでいいんだよ」

世田は、会場の最後尾に行き、端っこのパイプ椅子を引いてそこにドカリと腰を掛けた。泉は、いつか捜査会議に出られるようになった時は絶対に前の方に行こうと思っていた。それが、やる気ある捜査員のアピール方法だと思っていた。が、相棒にそういう気持ちはないらしい。

「座れば？」

「わかりました」

世田の隣に座る。そして、机に置かれた資料に目を通し始める。横で、世田が大きなあくびをするのが目の端で見えた。

「捜査資料をいくら読んでも、俺たちゃ爆弾の専門家にはなれねえぞ」

泉は小声で反論した。

「だからって、読まないよりは読んだ方がマシでしょう」

「それはどうかな」

「は？」

「資料ってやつは、必ず人間が書いている。人間には必ず『先入観』ってやつがある。で、捜査に一番邪魔なのは、その『先入観』なのさ」

「……」

屁理屈だ、と泉は思った。世田の言葉は無視して、捜査資料にざっと目を走らせる。泉が一番「おおっ」と思ったのは、犯人像の分析のくだりだった。

・爆発物に熟達した人間。きちんと爆発物取り扱いの訓練を受けた人間。プロフェッショナル。
・軍人や特殊工作員の可能性あり。
……つまり、訓練されたプロのテロリストの可能性ありと、この捜査資料では言っている。だからこそ、死者ゼロの状況でも捜査本部が置かれたのだと泉は改めて理解した。

司会役の、渋谷署副署長の飛野が立ち上がった。

「では、会議を始めます」

が、飛野はその一言しか言えなかった。

顔面を蒼白にした渋谷署の警務課長が、大声を出しながらこの大会議室に飛び込んできたからである。

「大変です！　恵比寿の事件の犯人から、犯行声明が出ました！　そして、次の犯行予告も！」

大きな音をたてて、椅子から鈴木が立ち上がった。捜査員たちも一斉にどよめいた。

「犯人は何と言っているんだ？」

鈴木が語気鋭く尋ねた。警務課長は、一度唾をごくりと飲み込んでから答えた。

「次は、明日だと」

「あ、明日？」

「はい。明日の十八時半。場所は渋谷。渋谷のハチ公前」

そして、プリントアウトした紙を前に差し出しながら、警務課長はこう付け加えた。

震える声で。

「次回はホンモノだ。次は、爆発すれば人が死ぬ。そう言っています」

泉は自分の腕時計を見た。次回の犯行予告時間まで、一日と一時間しかなかった。

私は、恵比寿ガーデンプレイスに爆発物を仕掛けた者です。

私と、日本国の首相とで、テレビの生放送番組にて、
一対一の対話をさせなさい。
この要求が容れられない場合は、新たにまた、私の仕掛けた爆弾が爆発します。

期限は、明日の十八時半。
場所は、渋谷駅のハチ公前。

次回はホンモノですよ。
爆発すれば、多くの人が死ぬことになります。

いいか。勘違いはするなよ。
これは、戦争だ

第二章

1

　その日、大橋真也(おおはししんや)は、座席部に大型のフロントスクリーンとルーフの付いている、ピザのデリバリー専用の三輪原付バイクに乗っていた。彼は大手ピザチェーンの春日部支店の社員店長で、本来なら配達はバイトに任せている立場である。しかし、クリスマス前のかき入れ時で、その上本社が「ピザ一枚ご注文でもう一枚プレゼント！」というキャンペーンを打ち出したせいで、今月は通常の三倍以上の注文が殺到していた。おまけに、あてにしていたベテランのアルバイトが風邪で何日も続けて休むし、入ったばかりの新人はあまりの忙しさに「向いていませんでした」の一言でやめてしまっていた。それで、大橋自身が、調理もすれば配達もする羽目になったのである。

　冷たい向かい風が頬を冷やすのが不快だった。大橋の背後にある十枚のピザも、きっとどんどん冷めていっていることだろう。

三十メートル先の信号が赤に変わった。思わず、舌打ちが出る。ここの信号は赤になると長い。仕方なく速度を落とし、道路の左端にバイクを停めた。

サイドミラーで背後を確認すると、白いワゴンが走ってくるのが見えた。妻の萌子がほしがっている車だ。来月、二人目の赤ん坊が生まれる。それに合わせて車を買い替えようと妻は提案してきたのだ。大橋は、昔から2シーターのオープンカーが大好きで、ずっとユーノスのロードスターという車を乗り継いできたのだが、妻はその車をまったく評価していなかった。そろそろ、妻の説得に応じなければいけないかもしれない。赤ん坊が二人では、もう2シーターは無理だ。左側に並列して、停車した車を観察する。後部座席。うん。広い。チャイルドシートも十分置ける。内装も、そんなに安っぽくはない。うん。ネットで検索した時の画像より、実物は悪くない。そんなことを思いながらジロジロと車内を見ていたら、助手席の女性と目が合った。大橋は反射的に営業スマイルを見せた。女性もにこりと微笑んだ。なかなか、品のいい女性だ。運転席には中年の男性。おそらく夫婦だろう。男性は、心ここに在らずといった雰囲気で、無表情にハンドルを握っていた。

その時だった。

前方の信号がまだ赤なのに、交差点の向こう側に停まっていた青い車が、突然急発進をして交差点に飛び出した。

「⁇」

ちょうど、左右を行き交う車が途切れたタイミングだった。なんと大胆な信号無視をするのかと大橋は驚いた。が、その車の挙動はそこからが更に異常だった。なんと、右斜めにハンドルを切り、大橋の乗る原付バイクに向かって、一直線に突っ込んできたのだ。

「‼」

フルアクセルで、猛烈な加速とともに、その青い車は一気に襲いかかってきた。大橋は恐怖で全身が凍りつき、身動き一つできなかった。

轢かれる。そう覚悟した瞬間、青い車の運転手は、今度は左にハンドルを少し切った。老人だった。

目に狂気が宿っていた。完全なる狂気だ。

老人の運転する車は、ほぼ正面衝突の形で、隣の白いワゴンに突っ込んだ。そして、車体の前方をワゴンの上に乗り上げ、ナンバープレートをワゴンのフロントガラスに突き刺した。

大橋は腰を抜かし、原付バイクと一緒に歩道側に倒れた。ピザが飛び出し、道路に散乱する。トマトソースが、血のように道路に飛び散った。

秘書官の持参したプリントを、鈴木警視監はゆっくりと二度読んだ。その間、世田はただ黙って彼の目の動きを観察していた。

2

犯行声明文は、それなりの長さがあるようだ。すると、世田の前に座っていた渋谷署の巡査長が、手早くスマホで検索をし、犯行声明文の全文を世田たちにも見せてくれた。

これは、戦争だ……なるほど。そういう系か。世田はうんざりした気持ちで首を横に振った。自分は高尚な目的で動いていると露骨にアピールをしている。しかし、犯人の要求は、結局は金になるに違いない。いろいろと思想めいたことを言ってきたとしても、最終的には犯人は金を求めてくる。身代金を払え。人質は東京都民。彼らの命が惜しければ金を払え。まずもってそういう話ではないかと世田は推測をした。

「静かに！　捜査会議を再開する！」

鈴木が大きな声で場を鎮めた。そして、飛野に目で合図をした。飛野は、壁際に待機していた制服姿の女性警官数人に、やはり合図をした。女性警官たちは、捜査資料の配布を始めた。一番上の紙には、四十代半ばの女の似顔絵と、服装その他の特徴。そして二枚目には、「来栖公太」と下に名前が書かれた若い男の写真がプリントされていた。

会議室の大きなモニター画面も、同じ似顔絵と写真に切り替わる。

女の身長は、百五十センチ前後。黒のロングコート、黒のショートブーツ、グレーの手袋。顔は……どこにでもいそうな人の良いおばさんだ。特徴らしい特徴はない。

来栖公太の写真は、免許証の写真からコピーされていた。身長百七十五センチ。服装は、ユニクロの黒いダウンジャケットに、ジーンズ。白いスニーカー。茶色の短髪。こちらも、どこにでもいそうな大学生だ。犯人の指示で服装や髪の色を変えられると、苦労するかもしれない。

「この二人が、犯人の代理として恵比寿三越の警備室を訪れた男女だ。警備員の印象としては、親子でもカップルでもなく、知り合ったばかりの二人に見えたそうだ」

そうだろう。

「今のところ、犯人と直接接触している可能性があるのは、この二人だけだ。来栖という若者は、この女性と一緒に姿を消している。迅速な事件解決のためには、何としてもまず、この二人を見つけなければならない。担当表は、会議室を出る際に受け取ってくれ。投下できる人員には限りはあるが、何としてもこの二人を発見、確保し、卑劣な脅迫者を捕まえるのだ。君たちの頑張りに期待している」

鈴木の発言はシンプルで短かった。その後、幾つかの補足説明がなされ、捜査会議は約十分で終了した。

我先にと会議室を出る捜査員たち。その波にやや遅れて、世田と泉も廊下に出た。配布された担当地域表を、泉は一生懸命確認している。

「僕らは、恵比寿ガーデンプレイスの高層マンションの聞き込みです。二十四階、二百四十戸。結構な数ですね」

「そうだな」

「しらみつぶしに一軒一軒回るしかないんですよね」

「もちろんそうだ」

と、背後から声をかけられた。

「世田くん」

今まで、壇上で指揮を執っていたのと同じ声である。泉は振り返るなり、驚愕して直立の姿勢で敬礼した。

「ご無沙汰しております」

世田は、鈴木警視監に頭を軽く下げた。

「元気そうだな。君がこの事件の捜査本部にいてくれるのはとても心強いよ。よろしく頼む」

鈴木はそう言うと、SPに先導されながら、足早に廊下を歩いていった。

「せ、世田さん、鈴木公安部長とお知り合いなんですか?」

泉がすぐに質問してきた。

「まあな」

別に隠すことではないが、あえてこちらから言うことでもない。

「それで、どういうお知り合いなんですか?」

泉はさらに食いついてくる。若いくせに、ゴシップ好きのおばちゃんのようなやつだ。

そんなことを思いながら、世田は正直に答えた。

「別れた女房の父親だよ」

3

犯人からの指示で訪れた五反田のマンション。来栖公太は、ここで、四つ折りの白い便箋を開いた。紙には、次の指示が簡潔に書かれていた。

・私の書いた声明文を、男が読め。
・女は、ビデオカメラでそれを録画せよ(ビデオカメラは机の下に置いてある)。
・録画が完了したら、そのデータをメールで情報番組『ニュース・ドクター』に送り、

同時にYouTubeにもアップロードせよ。
・終了したら、この紙はキッチンで燃やすこと。
・今すぐに！

「マジかよ……」

　公太は呻いた。

「なんて、書いてあるの？」

　一緒にいたおばさんが、横から便箋を覗き込む。

「俺が読めって……これじゃまるで俺が犯人みたいじゃないか！」

　紙を投げ捨てようとしたが、手のひらの汗が接着剤のようになり、ひっついて床に落ちない。それはまるで、犯人から永遠に逃げられないという暗示のように思えて公太は泣きたくなった。何度か手を振り、やっと便箋が床へ落ちた。それをおばさんが拾い上げ、じっともう一度読み返し始めた。

「ありえない。絶対に嫌だ」

　公太は、かゆくもない頬を両手で掻きむしった。

「でも、従うしかない」

「わかってるけど！」

「でも！」

おばさんは、自分の右手首を公太の前に突き出した。わかっている。公太の右手首にも同じものが付いている。犯人の指示に従わなければ、これが爆発する。

おばさんは、机の下からビデオカメラをピックアップした。電源コードをコンセントに挿す。ファミリータイプのごくありふれたビデオカメラで、おばさんにもオートで簡単に使えそうなタイプだった。

公太は、自分がこれから読む「声明文」の方を手にした。

せめて、この紙ごとビデオに映ろう。そうすれば、自分が被害者で、これは脅迫されて無理やり読まされているのだとある程度の人たちはわかってくれるかもしれない。


白い壁をバックに、公太は立った。

おばさんが正面からビデオカメラを構えた。

「このスイッチを押せばいいのよね?」

公太は、手にじわりとかいた汗をデニムで拭き、そして口を大きく開いたり閉じたりした。この映像は、世界で一体何回再生されるだろうか。百万回? いや、一億回? こんな形で自分が有名人になるとは夢にも思わなかった。

「撮ります」

おばさんが言った。公太は、カメラのレンズを見つめ、ゆっくりとはっきりと犯人からのメッセージを読み上げた。

「私は、恵比寿ガーデンプレイスに爆発物を仕掛けた者です。

私と、日本国の首相とで、テレビの生放送番組にて、一対一の対話をさせなさい。

この要求が容れられない場合は、新たにまた、私の仕掛けた爆弾が爆発します。

期限は、明日の十八時半。

場所は、渋谷駅のハチ公前。

次回はホンモノですよ。

爆発すれば、多くの人が死ぬことになります。


いいか。勘違いはするなよ。

これは、戦争だ。」


読み終えた後、しばしの沈黙。おばさんが動かないので、自分でカメラのところに移動してストップボタンを押した。

「あ、ごめんなさい」

彼女も緊張したのだろう。それはそうだ。緊張しない方がおかしい。

「じゃ、この映像、アップしないと」

「あなたできる？　私、そういうのよくわからないのよ」

「もちろんできますよ。大丈夫です」

ビデオカメラに入れられていたＳＤカードを抜き取り、いつも持ち歩いている自分のノートパソコンに差し込んだ。携帯でテザリングをし、動画を添付ファイルで『ニュース・ドクター』に送る。それからＹｏｕＴｕｂｅにも。公太が作業している間に、おばさんは犯行声明文と指示書の両方を持ってキッチンに行き、ガスコンロの火でそれを燃やした。

「これで、俺、犯人と思われるかな……」

数パーセントずつデータがＹｏｕＴｕｂｅへアップロードされていくのを見ながら、公太は言った。

「思われないわよ。思われるわけないじゃない」

世界中が、きっとこの映像を観る。両親が観る。同級生たちも観る。元カノだって観る。脅されて、情けない面で、犯罪の手伝いをやらされている自分の惨めな姿を観る。そんなことを考えていると、突然唇が震え出し、涙が溢れてきた。その涙と鼻水をダウンジャケットの袖で拭いていると、おばさんが公太の横に来て、背中にそっと手を置いてくれた。

「あなたは何も悪くない」

「うん」

「あなたは、何にも、悪くない。そのくらい、みんなちゃんとわかってくれるわよ」

「うん」

おばさんの手は温かかった。と、その時、唐突にお腹が鳴った。

「ウケるな……。こんな時でも腹って減るんだ」

公太は、ハハと泣きながら笑った。

「ウケないわよ。だって、人間だもの。お腹は空くものよ。私だってペコペコだわ。ちょっと待っててね」

おばさんは「よっこいしょ」と言いながら立ち上がると、キッチンの白い冷蔵庫を開けてみた。

「やった！　何か入ってる」

「え？」

「なんだろう、ケーキかな？」

「ケーキ？」

おばさんは、冷蔵庫の中にあったものを全部こちらに持ってきた。それは、ペットボトルのお茶二本と、白いケーキの箱だった。そっと蓋を開けると、大きなイチゴのショートケーキが二つ、可愛く並んで入っていた。

「なんで？　なんでケーキ？」

「さあ……でも、美味しそうよ？」

そうおばさんは言った。それで公太は、手前の一つを手に取った。

「じゃあ、食べよう」

毒が入っているとは思わなかった。あの犯行声明を撮る前に自分たちがこれを食べる可能性だってあるのだから。公太はショートケーキにかぶりついた。甘い。思いっきり甘い。そして美味い。

「……美味いな」

そのまんまの気持ちを口に出した。

「美味しいわね」

おばさんも同意してくれた。二人とも、勢いよく手で食べているせいで、口にクリームがついている。それを拭い、お茶を飲んだ。と、おばさんが唐突に、

「私は、ヤマグチアイコ」

と自己紹介してきた。

「え？　ああ、そうなんだ」

そうか。一緒に行動していたのに、名前を知らなかった。

「俺は、来栖公太です」

なんとなく敬語になり、お互い頭を軽く下げた。同志のような感覚だ。

「このケーキだけじゃお腹の足しにならないわね」

そうヤマグチさんに言われ、ふと、高沢と美味いラーメン屋に行こうって言っていた

話を思い出した。

「ラーメン屋、行けなかったな……」

つぶやくように言った。

「ラーメン屋？」

「そう、今日の取材が終わったら、高沢さんに。あ、もう一人のあの男の先輩なんですけど、恵比寿に美味いラーメン屋があるから食いに行こうって。ギトギトのラーメンはあんまり食べないんだけど、そこは先輩には逆らえないんで」

それから公太は、詳しく訊かれてもいないのに、自分がテレビマンになりたいこと。でも、就職活動は全滅で今はアルバイトであること。社員にはつい媚びてしまうこと。いつか、報道関係のセクションに行きたいこと。そんなことを一気に話した。そして、

「実は俺、ジャーナリストになりたいんです」

と恥ずかしいので誰にも言ったことのない自分の夢まで口に出してしまった。

「そう」

ヤマグチさんは、少しも驚かずに、

「夢、叶うといいわね」

と微笑んだ。そして、

「ラーメンか……。食べたいな」

と付け加えた。

「ギトギトのラーメンは好みなの。背脂たっぷりのとんこつラーメンとか」

「ふうん。俺は塩ラーメン派かな」

「えー、そうなんだ」

「ヤマグチさんは、福岡出身？」

「ううん。そういうわけじゃないけど。とんこつの味は好きなの」

「なんか、臭いじゃん」

「最初だけよ。すぐにやみつきになるわよ」

そんなくだらない会話のおかげで、公太はだいぶ落ち着きを取り戻していた。

と、ヤマグチさんの持っていたスマホが鳴った。お互いビクリとして目を合わす。この携帯にかけてくる人間は一人しかいない。犯人だ。

「……出るわね」

「はい」

ヤマグチさんは、一度大きく深呼吸してから電話に出た。犯人からの指示は、「クローゼットを開けろ」だった。部屋にある観音開きのクローゼット。公太が開けると、中にはプラスチックのハンガーが三本と、そして黒いボストンバッグがあった。

「それ、プラスチック爆弾だって」

「ひゃっ⁉」

公太はおかしな悲鳴を上げながら、大きく一歩後ずさった。ヤマグチさんは、それからも小さく相槌を打ちながら犯人の話を聞き、そして電話を切った。

「あと少ししたら、二人別々の行動だって」

「え？」

「公太くん。あなたは渋谷らしいよ」

「渋谷？　ヤ、ヤマグチさんは？」

「私は、よくわからない」

「わからない？」

「待機して、そのプラスチック爆弾と一緒に、次の指示を待てって」

「そんな……」

一気に心細さがこみ上げてきた。それはヤマグチさんも同じようだった。

「公太くん……」

「ヤマグチさん……」

気がつくと、二人は互いの手を握っていた。ヤマグチさんは言った。

「でも、きっと大丈夫。二人とも助かる。だから、この事件が終わったら、一緒にラーメン、食べに行こう」

「……」

それからヤマグチさんは、公太を強くハグした。公太の目に、また涙がにじんできた。

「絶対ですよ？　俺、楽しみにしてますからね」

絞り出すように公太は言った。

「うん。私も楽しみにしてる」

「約束ですよ！」

「うん。約束！」

残念ながら、その約束は果たされなかった。

そのハグが、公太がヤマグチさんに触れた最後の瞬間だった。

4

須永基樹と合コンで初めて会ってから、ちょうど一か月後の十二月二十二日。時刻は十三時四十五分。印南綾乃は、ランチタイムをとうに過ぎた空席だらけの社員食堂の一番奥の席にいた。肩まで伸びきった髪を、手首から外したシュシュでさっと結ぶ。レインボー飲料という食品メーカーの社屋の一階にあるこの社員食堂は、九時から二十時まで営業しており、好きな時間にそこそこ美味な料理を格安で食べることができるのがありがたかった。

綾乃は、木の大きな丼を左手で押さえ、右手のスプーンで中のものをぐちゃぐちゃにかき混ぜ始める。納豆、オクラ、山芋、まぐろのぶつ切り。それぞれが色よく配置され、更に具の真ん中には卵の黄身が落としてある。この「ネバネバ丼」はもともと、夏季限定のメニューだったが、女子社員からの多数のリクエストで、通年のメニューに切り替わった。綾乃も、強くそれをリクエストした社員の一人だ。

「綾乃さぁ。ちょっと前まで嫌いじゃなかったっけ。ネバネバ丼」

「真奈美、知らないの？　失恋すると、女は好きな食べ物が変わるのよ」

綾乃は、ぐちゃぐちゃに混ぜ合わせた丼の中身をスプーンですくい、わざと大きく開いた口の中に入れて見せた。

「聞いたことないわ、そんなの」

真奈美はド派手なネイルアートを施した手で箸を割り、木のトレーに載った二百九十円の盛りそばを食べ始める。

「私には、真奈美のそのネイルアートの方がわかんない」

「何でよ！　見て、これ。ほら。サンタクロースとトナカイ♪　クリスマス仕様なんだよん♡」

真奈美は箸を置き、自慢気に綾乃にネイルアートを見せつける。右手の親指の爪には小さな３Ｄのサンタクロース。そして、右手の小指の爪には、更に小さな３Ｄのトナカイ。

「可愛いでしょ？」

「……パソコン打つ時、邪魔じゃない？」

「バーカ。これも一つの営業です！」

真奈美の言うこともわからなくもない。真奈美は、外食事業部の所属だ。飛び込みで入ったレストランの店長が真奈美のネイルアートを見て「すごいね、それ！」と興味を持ち、店内の飲料をライバル社からレインボー飲料に替えてくれたという武勇伝を聞いたことがある。

「これで一万円だよ？　安いよね～」

真奈美は、自慢のネイルアートをうっとりと眺める。綾乃は、そんな真奈美を羨ましく思う。真奈美がこだわるのは、ネイルアートだけではない。髪も化粧も体型にも女子力に抜かりはない。少し茶髪の長い髪は触りたくなるようなサラサラ感。毎日営業で数万歩歩くせいか、入社した時から三十歳になる今まで、ずっと惚れ惚れするようなカモシカのような足。百七十センチの長身で、黒のパンツスーツがよく似合う。それでいて、合コンの時には器用にふわふわ女子にも変身できる。

一方の綾乃はというと、実はもう半年も美容院に行っていない。顔にＢＢクリームを塗るだけなので、朝の支度は十分で終わる。今着ているベージュのニットとデニムのスキニーパンツの組み合わせは、今週既に三回目だ。冬はどうせコートを羽織るのだから、中の服なんて何だっていい。女子力はゼロに近い。そういう自覚はある。このままではいけない。そういう自覚もある。

ちらりと携帯を見る。

「今ので十三回目」

真奈美がすかさず言った。

「え？」

「綾乃がそこに座ってから、チラチラとスマホをチェックした回数」

「……」

真奈美はいつも観察眼が鋭い。

「待ってるんでしょ？　連絡」

「別に、待ってるってほどじゃないわよ」

綾乃はスプーンを持ち上げ、否定するように小さく左右に振った。

「でも、気になってる」

「別に、気になるってほどでもないわ」

「でも、ようやく、新しい恋を悪くないかなと思い始めてる」

「……」

「でしょ？」

「やめてよ、もう」

綾乃は、半年前の誕生日のことを思い出した。世の中的には「ついに大台」とか言われてしまう、三十歳の誕生日だ。綾乃には、二十歳の時から付き合っていた卓哉という恋人がいた。その卓哉から、きっと誕生日にプロポーズをされると思っていた。なぜなら、誕生日の数週間前から、卓哉が妙にそわそわし始めたからだ。しかし、綾乃の予想は完璧に外れた。よりによって三十歳の誕生日に、卓哉は別れ話を切り出してきた。

新しい女がいるのだと。

その女は実はもう妊娠しているのだと。

そして、綾乃と別れて二週間後に二人は籍を入れ、二か月後にはその泥棒女は赤ちゃんを産んだらしい。

私の二十代はなんだったのだ。男はもう懲り懲りだ。綾乃は三か月ほど泣き暮らし、ついに泣くことにも飽きてしまった。

ちなみに、その卓哉という男は、とても束縛癖のある男で、一日に何度もＬＩＮＥでメッセージを送ってきては、綾乃がすぐに既読にしないと言って怒るような男だった。卓哉のせいで、綾乃は常に携帯の通知画面を意識する癖がついてしまっていた。卓哉が綾乃に残したものは、心の傷と、そのくだらない癖くらいである。

「私は、悪くないと思ったよ？」

「は？」

「須永さん」

「え」

「合コンの時、須永さんのこと気になってたでしょ？　だから、チラチラ携帯気にしてるんでしょ？　でもね。待つだけじゃダメ。もう一度会ってみたいなーって思うなら、勇気を出して自分から連絡しなくっちゃ！」

真奈美の言葉は力強い。綾乃は、申し訳なさそうな声で返事をした。

「そういうことじゃないんだよね」

「え？　でも、須永さんからの連絡を待ってるんでしょ？」

「ううん、違うよ。ていうか、彼からはもう連絡こないと思うし」

「え？　もうって何？　ちょっと話が見えないんだけど」

「んー」

「何が、んー？」

「実はさ、もう会ったの」

「は？」

真奈美は、もともと大きな目を、更に更に大きく見開いて驚いた。

「もう会った⁉」

「うん」

「いつ⁉」

「……昨日」

「昨日!!! 私、聞いてないよ?」

「急な話だったの。だから、ご飯の後、話そうと思ってたの」

本当に、急な話だったのだ。昨日の仕事帰り、電車に乗っている時に突然須永からLINEで連絡があったのだ。LINEのIDは、合コンの後、男性幹事が勝手にグループLINEを作ったので、お互い訊いたわけではないのに連絡先を知ることができていた。

「今から焼き鳥食べない?」

たった一言だけのLINEだった。合コンの時は彼はあっという間に帰ってしまったので、綾乃はもう少し須永と話をしたいと思っていた。なので、突然の連絡にはびっくりしたが、同時に少し嬉しかった。いつまでも卓哉のことを引きずっているばかりではなく、新しい恋愛を始めたいという気持ちも正直あった。

「焼き鳥は大好きです」

と短く返す。そして、あっという間に、「三十分後に東横線の祐天寺という駅で待ち合わせ」に決まったのだった。

綾乃が着いた時、既に須永は改札の外で待っていた。青いTシャツにデニム。綾乃と目が合うと、軽く手を挙げ、口元を少し緩めた。微笑み、のように見えなくもなかった。

それが綾乃には意外だった。

「汚いところだけど」

そう須永は言った。なので、古くて小汚い焼き鳥屋を綾乃は想像したが、須永が連れて行ったのは、祐天寺の駅から歩いて三分ほどの場所に立つ須永のマンションだった。

か、彼の部屋？　焼き鳥屋ではなくて彼の部屋？

綾乃はびっくりして入るのを躊躇ったが、須永の方は、非常識なことをしているという自覚が微塵もないようで、振り返りもせずに、築四十年以上は経っていそうな古くて薄汚れたマンションの中に入っていった。それで綾乃も抗議のタイミングを失ってしまい、彼と一緒にそのマンションに入ることになった。

「どうぞ」

須永が綾乃を室内に招き入れる。

「お邪魔します」

小さな玄関には、須永のサンダルしかなかった。高年収で雑誌の表紙に抜擢される若き起業家でありスタープログラマーの住む部屋とは思えなかった。当惑しながら靴を脱いだ。

玄関を入ると、左手に二畳ほどのキッチンがあった。

「今、用意するから中で適当に座ってて」

「あ。はい」

前方にあるリビングに続く扉を開けた。二十畳ほどのリビング。ベージュの三人掛けのソファーと黒いガラステーブルが、真ん中に置いてある。他には何もない。壁の右側は全面クローゼット。お洒落な気もするし、殺風景なだけという気もする。真奈美がこの部屋を見たらなんというだろうかと少し考えた。

「ごめん、開けて」

扉の向こうから須永の声がした。鞄を床に置き、閉めたドアを再び開ける。彼は右手に新品の焼き鳥焼き器を持っていた。そして、左手にはシルバーのトレー。その上には、串を綺麗に刺してあとは焼くだけという状態のものが三十本ほど並んでいる。須永は、ガラステーブルの上にその両方を置き、

「よし。やろう」

と嬉しそうに言った。

「これ、マイ焼き鳥器?」

「そう。昨日届いた」

「へえ」

須永はソファーに座ると、焼き鳥焼き器の使用説明書をぱらぱらと復習するように見た。

「錦糸町に美味い焼き鳥屋があってね。で、もしかしたらあの味は家でも作れるんじゃ

ないかと思ったらどうしてもやってみたくなって」

「へえ」

そういうところは、普通の男子とあまり変わらないのだなと綾乃は思った。とことん変人というわけではなく、とっつきやすい部分もあるようだ。少し親近感が持てて良かった。須永は一度キッチンに戻ると、次は半ダースの缶ビールと、封が開いていないたくさんの調味料を持ってきた。

「さて、焼きますか」

綾乃は、どこに座っていいかわからず、

「何をすればいい？」

と立ったまま須永に訊いた。

「君の仕事は、座って、そして食べること」

そう言って、須永はソファーの席を右にずれた。同じソファーに座れという意味のようだ。それが嫌なら床に座るしかない。そこで、綾乃は多少緊張しながら須永の隣に座った。

それから何時間も、須永は微妙に調味料の加減を変えながら、鳥を焼き続けた。綾乃はそれを、ただずっと眺めていた。

正直、会話はあまり弾まなかった。例えば、

「この部屋、南向き?」

と綾乃が訊く。

「ううん。北」

「へえ。北なんだ」

「日当たりの悪い場所に住むことが多かったから、慣れてるんだ。ていうか、むしろ薄暗い方が心地良いんだ」

「へえ。そうなんだ」

だいたいこのくらいで会話は途切れる。そして、綾乃は焼き鳥をかじりながら、次の会話のネタを一生懸命考える。

「そういえばこの部屋ってテレビないね?」

「ネットで十分情報とれるし、それにアプリ開発って、あんまり世の中のニュースと関係ないから」

「ふうん」

この会話も即座に終わってしまった。ちなみに、須永が開発して最初にヒットしたのは、シンプルな日記アプリだという。使用者は普通に日記を書くだけ。あとはアプリが自動でその他の情報を保管してくれる。カメラフォルダから、その日撮った写真や動画を紐付け。Ｗｉ－Ｆｉ機能のあるスマート体重計と連動して、体重・体脂肪・脈拍などの健康管理。スマートウォッチと連動して運動の記録。ＧＰＳと連動して、その日の行動ルートも自動で記録されるらしい。綾乃はそれらを、合コンの後、Ｗｉｋｉで調べていた。確かに、日々、テレビから情報を収集する必要はなさそうだ。綾乃はビールを飲みつつ、また次の会話のネタを一生懸命考える。ふと、マガジンラックの中の雑誌が目についた。須永が表紙の雑誌である。

「表紙……ご両親喜んだでしょ？」

綾乃は訊いた。

「……ま、それなりに」

「そういえば、実家ってどこなの？」

「茨城の田舎の方」

「そうなんだ」

また会話が終わってしまいそうだ。そこで綾乃はもう少し粘った。

「須永さんのご両親ってどういう人なの？　須永さんみたいな天才を育てるって、ある意味親もすごいってことだよね？　もしかしてスパルタだったとか？」

「全然違う。そもそも俺は天才じゃないし。学校嫌いで、学歴、高卒だし」

「え？　そうなの？」

てっきり、東大とか一橋だとかを出ているのだと思っていた。

「お父さんとか、大学ぐらい行け！とか言わなかったの？」

「……」

不意に須永の顔が曇った。

「？」

「あんまり、父親の話はしたくないんだ」

「え」

「耳、悪いの？　あんまり、父親の話はしたくないんだ」

怒鳴りこそしなかったが、綾乃が萎縮するのに十分なトゲトゲしさで須永は言った。

「そうなんだ。ごめん」

慌てて綾乃は謝ったが、それに対する須永の返事は、

「ところで、終電は大丈夫？」

だった。

終電の時間は、途中、こっそりと調べていた。まだ一時間以上は余裕がある。でも、それを言うより先に、

「そろそろ帰った方がいいかもね。もうこんな時間だし。お腹、いっぱいになったよね？　じゃ、また連絡するから」

と次々に須永から言葉を被せられた。

「うん。わかった」

そのまま立ち上がり、綾乃は須永の部屋を出たのだった。

「もう連絡こないと思うよ」

そう綾乃は真奈美に言った。

「なんで？」

「なんとなく……地雷を踏んだから？」

そう自虐的に肩をすくめて見せた。

「でも、また連絡するって言われたんでしょう？」

「まあ、そうだけど……」

確かに「また連絡する」という須永の言葉を聞いたは聞いた。

「また、ってのがあるんだから、こっちから連絡してもいいんじゃないの？」

真奈美は、綾乃の目を覗き込むようにして言った。

「受け身ばっかじゃ都合のいい女になっちゃうよ。こっちからも攻めようぜ」

そういうものだろうか。

冷静に考えれば、須永というのは変わっているだけでなく、かなり自分に対して失礼な男である。どういう気持ちで誘ったのか。それも、店ではなく、いきなり家に。それでいて、ロマンティックなムードは一切なく、挙げ句の果てには追い出されるような仕打ちまで受けた。なのに、どうして自分はこんなに須永のことを考えているのだろう。

そんなことをうじうじと考えながら、綾乃は食事を済ませ、そして、真奈美と別れて二階にある総務部に戻った。なんとなく、すっきりとしない、遅番の昼休みだった。

自分のデスクに座る。老朽化したビルの白壁は、タバコのヤニで黄ばんでいる。全フロアを禁煙にする決断が遅過ぎたのだ。大して広くないフロアには、デスクと黒い椅子が窮屈に並べられた五つの島がある。奥から社長秘書関係。法務関係。その他三つの島はざっくりと言えば雑務、雑用だ。綾乃はその雑務、雑用の島に属している。

十七時頃だったか。総務部長の戸田武（とだたけし）が「恵比寿で爆発だってよ！」と興奮しながら外出先から帰ってきた。どこかでガス漏れでもあったのだろうか。それとも、ガススタンドか何かで事故でもあったのだろうか。が、その話題に乗る前に、ポケットに入っていたスマホがブルッと振動した。

そっとスマホを取り出し、通知画面を見た。

「！」

それは、須永からのＬＩＮＥだった。


「また、ご飯食べましょう」


たったの一文である。

マジか。なんだ、これは。昨日のことは、この男の中ではどう消化されているのだ。こんなＬＩＮＥ、どう返事をしていいのかまったくわからない。仕方がないので、そのまま真奈美に転送し、仕事に戻った。

それから、定時まで、努めて須永のことは考えないように仕事をした。年末というのは雑用のピークの時期なのでやらなければいけないことが多く、集中するには都合がよかった。そして、気だるい定時のチャイムが聞こえてからも三十分くらい働き、キリのいいところでパソコンの電源を落とした。と、背後から、

「で、なんて返事をしたの？」

という声がした。振り向くと、真奈美が腰に両手を当てて、見下ろすように立っていた。

「……」

「まさか、まだ返信してないの？」

「……」

「しょうがないなあ、もう。じゃ、これ使いなさい。取引先からもらったの」

そう言って、真奈美が一枚の紙を差し出してきた。それは、最近渋谷で人気のイタリアン「リストランテ・ナカヤマ」のクーポン券だった。スパークリングワインがフルボトルで一本付くコースのディナー。期限は二十五日のクリスマスまで。格安クーポンサイトのチケットだ。

「こんなの貰えないよ。真奈美が彼と行けばいいじゃない」

「もう断られた」

「え？」

「クリスマスは家族サービスなんだって」

　そう言って、真奈美は綾乃の隣のデスクに座り、両手で頬杖をついた。真奈美の不倫はもう四年になる。相手は二十歳も年上の男で、今まで一度も「いつか妻とは別れる」と言ったことがないのだという。男なんて選び放題のはずの真奈美が、もう四年もそういう男と付き合っていることに、綾乃はいつも男女関係の難しさを感じる。

「だからさ。これ、無駄にするのもったいないから、綾乃と須永さんで行って来なよ！」

　そう真奈美は不機嫌そうに言った。

「いいよ」

「いいから」

「いいってば！」

「いいから！」

　何度かチケットを互いに押し合ったが、結局、真奈美の押しの方が強かった。それで綾乃は、ありがたくそのクーポンを受け取ることになった。真奈美はその場でリストランテ・ナカヤマに空席確認の電話をかける。人気のレストランなので、普通はそんな近々の空きがあるとは思えない。格安クーポンサイトで販売している商品は、期限切れで使うことができなかった客を見込んだ上で商品価格を安く設定している。予約がとれないというのも計算済みのはずだ。ましてや、今日の明日とか明後日となると、まず、期待はできないと綾乃は思っていた。ところが、ところが。真奈美が電話をしつつ、綾乃にOKサインを笑顔で送ってきた。なんと、今日起きた恵比寿ガーデンプレイス爆弾事件の影響で、明日の十九時にキャンセルが出たという。真奈美は即、綾乃の名前で予約を入れた。

「空いてるし！　予約できたし！　これはもう運命だね」

「何の運命よ」

「もち、あんたと須永さん」

「待ってよ。今日の明日だよ？　誘っても彼の方が無理かもしれないよ」

「そんなものは誘ってみないとわからないでしょ。さ、とりあえず誘ってみな」

「んー」

「早く！」

と、ろくに仕事もしないくせにいつもなぜかだらだらと会社に居残る戸田が、二人の会話に割り込んできた。

「おいっ。渋谷はやばいぞ。YouTubeで犯人からの犯行声明が配信されてるの知らないのか？　明日の十八時半に、渋谷ハチ公前で爆破予告だぞ！」

「は？　何ですか、それ」

真奈美が訊き返す。

「場所も時間もわかってるなら、そんなの警察か自衛隊がさっさと爆弾撤去しておしまいじゃないですか。その犯人、バカですか？」

確かにその通りだ。というか、恵比寿の爆弾がただの音と光だけの空砲だったことから、犯人は単なる愉快犯という説がネットでは圧倒的に多かった。夕方、お茶休憩を十分ほど取った時、綾乃もそのくらいは検索していたのだ。

「では、今日はこれで失礼します」

真奈美と二人、オフィスを出た。そして、ビルの外に出てすぐに、須永にＬＩＮＥ電話をかけた。昨日の焼き鳥のお礼に、コスパのいいイタリアンはどう？　とても人気の店らしいんだけど。が、須永の返事は素っ気なかった。

「ごめん。大事な接待があって、明日の夜は東京駅近くの店で会食なんだ。じゃ、また」

ある意味、予想通りである。多分、本当にそうなのだろう。

「で、どうしよっか」

綾乃は真奈美を見た。

「女二人で行く？　男に断られた者同士」

「だね。明日は二人でやけ食いだ！」

そう、真奈美が苦笑いをしながら言った。

5

二〇一六年の十二月二十二日。

恵比寿ガーデンプレイスで爆弾事件があったその日の十六時半。

須永基樹は、パトカーやらテレビ局の名前の入った大型車でごった返す事件現場から離れ、とある喫茶店を目指して歩いていた。大通りから細道に入り、そこから三百メートルほど住宅密集地に入って行くと、古いビルとビルの間に窮屈そうに建つ一軒家に行き着く。二階は、店主の住居で一階がコーヒーとナポリタンしか出さない喫茶店。ここまで、須永がオフィスとして自宅とは別に持っている恵比寿のマンションから、歩いて十分ほどだ。

薄汚れたガラス窓から店内を覗くと、一番奥の四人掛けの席に、グレーのスーツを着た四十代後半の男が既に座っていて、店自慢のナポリタンを食べているのが見えた。背筋を伸ばしたまま、フォークに丁寧にパスタをからめ、口に運ぶ際は、左手を添える。行儀のいい食べ方だった。

建て付けの悪い木の重いドアを開けると、コーヒーの香ばしい匂いが鼻腔に広がる。

男は、須永の姿に気づくと、ナプキンを手に取り、丁寧に口を拭きながら軽く会釈をした。入口脇のレジに立っていた七十代の白髪頭の店主にハウスブレンドを注文し、そのまま奥の席へと向かう。店内に客は、須永とその男の二人だけだ。この店は、だいたいいつも客がいない。そこを須永はとても気に入っていた。

「すみません。とても美味しそうなナポリタンだったもので」

言いながら、男は、ケチャップが少しだけ残った白い皿をゆっくりとテーブルの脇に押しやる。

「かまいません」

言いながら、男の前の席に須永は座った。

「大丈夫でしたか?」

「大丈夫……とは?」

「久しぶりにあんなに沢山のパトカーを見ました。なかなか派手な事件だったみたいですね」

「ああ。そうですね」

確かに、ガーデンプレイスの広場やその周辺は、今も警官とパトカーとマスコミと野次馬とで埋め尽くされている。

「私の前を歩いていた方が、職務質問をされていました。今日三回目だと嘆かれていました。おかしいですよね。私は、一度もされていないのに」

「怪しい人物ではないと、そう警官が判断したのでしょう」

須永がそう言うと、男はアイロンがきっちりとかかった青いハンカチで口を拭いながらクククッと小さく笑った。

「さすが、日本の警察は見る目がありますね」

これはもちろん嫌味だろう。須永は本題に入ることにした。

「早速ですが……結果を教えていただけますか？」

「これはこれは、失礼しました」

男は、自分の右横の椅子の上に置いてあった黒いビジネスバッグを手に取り、ファスナーを開けて中からA4サイズのベージュの封筒を取り出した。それを、すっと向きを反転させ、須永の目の前に置く。

「まだ百パーセントの達成率ではないのですが」

須永は、封筒を開け、中に入っていた一枚の紙を取り出した。

「……」

男の言う通りだった。確かに期待していた内容ではない。

「今回、ちょっと時間が足りませんでした」

男は、素直に頭を下げた。

「いえ。ありがとうございました。残金は今日のうちに振り込みしておきますよ」

確かに、完全な回答にはなっていなかった。しかし、どのみち最後は自分で確かめるしかないのだ。そういう意味では、これでも十分に役に立つ。そうも思った。

「ありがとうございます。もし、きちんと住所まで押さえてくれということでしたら、改めてぜひお願いいたします。その時は、必要経費だけのご請求にして、うちの儲けはなしでいいんで」

「わかりました。その時はまたよろしくお願いいたします」

須永が頭を下げる。男は爽やかに微笑むと、さっと立ち上がり、店を出て行った。入れ替わりに、頼んでいたハウスブレンドが出てきた。須永は一人で、そのコーヒーを飲んだ。今日は彼の好みより、酸味も苦味もどちらも強過ぎる気がした。

携帯を確認する。

仕事用としてネットに公開している会社名義のメールも、全て彼個人の携帯に転送される設定になっている。新たなメールは何も来ていなかった。


喫茶店を出て、また自分の会社に戻る。一歩足を踏み出すごとに、気持ちがささくれていくのが自覚できた。たまにはプールにでも行って、気分転換に泳ごうかと考える。仕事場の近くに、二十五メートルが三レーンある小さな屋内温水プールがある。そこで無心に一キロくらい泳ぐのだ。それとも、誰か、まったく利害関係がない人間と、飯でも食うか。昨日、一緒に焼き鳥を食べたＯＬのことを思い出した。彼女には何の落ち度もないのに、後味の悪い会にしてしまったなと、須永は少し反省をした。それで、「また、ご飯食べましょう」とLINEでメッセージを送った。そしてその後、一時間ほど泳いだ。

須永のオフィスのある二十四階建てのマンションは、恵比寿ガーデンプレイスのすぐ脇にある。スペイン風の中庭に小さな噴水があり、その先にエントランスがある。木目調で統一された共用部分には、革の茶色のアンティークの椅子と、黒みがかった丸い机が、それぞれ三セット置かれている。左手にはカウンターがあり、髪をアップにし、黒いスーツに白いシャツを着た三十代後半の女性コンシェルジュが常駐している。いつも「須永様、おかえりなさいませ」とわざとらしいほどの笑顔で迎えてくれる。

が、今日は普段と雰囲気が違っていた。

見知らぬ男性二人と、少し困惑した表情で小声で何か話していたが、須永が帰ってきたのに気がつくと、慌てて、

「須永様、おかえりなさいませ」

と笑顔なしで言い、手元のボタンを押して、奥のエレベーターホールへのドアを開けた。須永は軽く会釈をして、彼らの横を通り過ぎ、二基あるうちの手前のエレベーターに乗り込んだ。

と、二人の男のうち、年配の方が、

「あ、ちょっとすみません」

と声をかけてきた。そして、二人して小走りに同じエレベーターに乗り込んできた。

「お名前、教えていただいていいですか？　あと部屋番号も」

「は？」

「おっと、失礼。私たち、こういうものです」

男が手帳を取り出した。警察手帳だった。

「警察、ですか？」

「はい。今日のガーデンプレイスの事件の件で聞き込みをしてまして。私、渋谷署の世田と言います」

隣に立っていた若い男も警察手帳を出した。

「同じく泉です」

「……」

「で、お名前、教えていただいていいですか？　あと部屋番号も」

温和な声と話し方だったが、世田という男からは拒否はさせないという意思が感じられた。なので、須永は素直に答えた。

「須永と言います。このマンションの一四〇二号室がオフィスなんです。免許証とか確認しますか？」

須永は免許証を財布から取り出して、彼らに見せた。

若い方の警察官が恐縮そうに頭を下げた。

「ご協力感謝いたします。拝見いたします」

　その横で、年配の方が「14」のボタンを押した。ドアが閉まり、エレベーターは上昇を始めた。須永は、少し胸騒ぎを覚えたが、言葉は出さなかった。

「……ええと、須永基樹さん。三十歳。本籍は、茨城県。現住所は、祐天寺……お住まいは、このマンションではなく祐天寺ですか？」

　若い方が訊いてくる。

「ええ。ここはオフィスとして持ってるんです。駅が近くて便利なので」

「須永さん、社長さんってことですか？　若いのにすごいですね」

　若い方が、免許証を須永に返しながら言う。

「小さな会社ですよ」

「いやいや、こんな立派なマンションにオフィスが構えられるなんてすごいですよ。ところで、何の会社なんですか？」

「アプリを作ってます。iPhoneやAndroidの携帯にインストールして使うアプリです」

「へええ。すごいなあ」

　若い方が、とにかく「すごい」を連発した。エレベーターは十四階に到着した。出る。男たちも当然のように出る。若い方が、

「あ！　もしかして、須永さんて、雑誌に出てませんでしたか？」

と大きな声を出した。

「ええ。まあ」

「やっぱり！　すごい！」

と、その時、須永の携帯が鳴った。

「ちょっと、失礼……電話に出てもいいですか」

画面を確認する。印南綾乃の文字がディスプレイに表示されていた。電話に出てみると、明日、一緒に食事をしないか、という誘いだった。昨日の焼き鳥のお礼。コスパのいいイタリアン。とても人気の店らしい。

「ごめん。大事な接待があって、明日の夜は東京駅近くの店で会食なんだ。じゃ、また」

そう言って、手短に電話を切った。

「で、聞き込みは始めなくていいんですか？」

「そうでした。そうでした。今日のあの爆弾騒ぎの時、須永さんはどちらにいらっしゃいました？」

「オフィスにいました」

「お一人で？」

「はい。一人で」

「爆発は目撃されました？」

「いえ、仕事に集中していたので」

「音も？」

「はい。窓は閉めていましたし、音楽もかけていたので気がつきませんでした」

「そうですか」

年配の方が、右の顎の下あたりを薬指で小さく掻いた。

「ところで、ここ最近、怪しい人を見かけた記憶はありませんか？」

「怪しい人？」

「はい。漠然とした質問で恐縮なのですが。どんな些細なことでも結構です」

「ないですね。全然ないです」

「そうですか。ご協力ありがとうございます。では、我々はこれで」

男たちはそう言うと、エレベーターの「▼」ボタンを押した。須永は彼らに軽く頭を下げ、一四〇二号室のドアを開けて中に入った。

「ただいま」

声に出して言ったが、オフィスからはもちろん返事はない。電気を点ける。四つ向かい合わせに白いデスクが置かれている。ワーキングスペースはいつもすっきりと片付けられ、パソコンとキーボードしか置かれていない。今日は、席にも誰も座っていない。

須永の会社では、出勤して仕事をしても在宅で仕事をしてもどちらでもいいことになっている。社員は全員プロジェクトごとの契約制で、人数は時期ごとに変動する。今は、二十代の女性社員と三十代の男性社員が一人ずつ。今日はどちらも出勤していない。須永は部屋を横切り、更に奥右側のドアを開けた。

八畳の広さの須永の部屋。つまり、社長室。窓に背を向ける形で、長く大きな黒いデスクが一つ置いてある。そのデスクの上には、パソコンとモニターとキーボード。他には何もない。椅子に腰を掛け、キーボードのエンターキーを叩く。〇・二秒でパソコンがスリープ状態から復帰する。

デスクトップ画面に、音声ファイルが一つ置かれている。実は、須永は今日の夕方からずっと、この音声ファイルを繰り返し再生しては聴き直しているのだ。

録音時刻は十五時四十二分。

すぐ隣の恵比寿ガーデンプレイスの広場で、爆発事件があった直後である。

くぐもって不明瞭な男の声。だが、俺にはわかる。これは、あいつの声だ。

須永の脳裏で、ずっとそうもう一人の自分が喚いている。

これはあいつだぞ。あいつに決まっている。これは絶対にあいつからだ。

と、インターフォンが鳴った。

来客の予定はない。宅配か何かだろうか。椅子から立ち上がり、壁に付いているモニターカメラの映像を見た。玄関の外にいたのは、さっきのあの警察官たちだった。

……番組の途中ですが、臨時ニュースをお伝えします。

本日、恵比寿ガーデンプレイスの広場において爆弾騒ぎがありましたが、その件について、磯山(いそやま)首相が声明を発表いたしました。

首相官邸前から秋元アナウンサーがお送りします。


秋元です。本日、磯山首相は、首席秘書官を通じて下記のコメントを発表いたしました。読みます。

「日本国は、テロには屈しません。日本国は、テロリストといかなる交渉もいたしません。日本国は、テロリストの非道な犯罪に対して、断固、不退転の決意で戦うのみです」


ということは、犯人が要求している、テレビの生放送番組での対話については、これを拒否するということですね?

はい。そういう結論になるかと思います。繰り返します。本日、磯山首相は、首席秘書官を通じて下記のコメントを発表いたしました。

「日本国は、テロには屈しません。日本国は、テロリストといかなる交渉もいたしません。日本国は、テロリストの非道な犯罪に対して、断固、不退転の決意で戦うのみです」

第三章

1

夏。

朝比奈仁は、その町で一番大きな通りを歩いていた。と言っても、今まで彼が住んでいた大都市に比べたら、寂れたしょぼい田舎道でしかない。商店街の多くはシャッターが下りたままで、この国の経済政策があまりうまくいっていないことを如実に示していた。首元の汗を右手ですくい、照りつける太陽を見上げる。容赦のない日差しにうんざりしながら、彼は黒いキャップを深めに被り直した。ずっと、通り沿いの飲食店を一軒ずつ見ているのだが、アルバイト募集の貼紙はまだ見つかっていない。

この町に流れてくる前は、東京郊外のとあるベッドタウンで働いていた。六本木の店をあの男と出会った翌日に辞め、知り合いの誰もいない町に引っ越したのだ。調理の腕には自信があったので、すぐに仕事は見つけられた。最寄りの駅から二十分ほど歩かなければ辿り着けない、ログハウス調の洋食屋だった。木の四角いテーブルが五つ。それぞれのテーブルに椅子が四つ。ランチの値段が手頃で、それでいて仁の作るハンバーグやオムライスが美味だったことで、店はかなり繁盛した。店のオーナーは五十代で証券会社を早期退職した気のいい男で、趣味はオーディオ。仁が来てからは、調理はもっぱら仁に任せ、自分は店の奥に鎮座している大きなスピーカーのセッティングを、飽きもせず毎日やっていた。高校の時の同級生だったという奥さんと未だに仲が良く、なごやかな雰囲気でとても働きやすかった。

とある平日の昼。その日も店は近所の主婦たちで満席だった。天気は快晴で、太陽の光が店自慢のステンドグラスに美しく反射していた。仁は、せっせと「本日の日替わりランチプレート」を作り続けていた。その日は、オーナーの奥さんが、息子の中学校で進路についての面談があるとかで店を休んでいた。なので、出来上がった料理は、オーナーとともに仁も自ら客の前に運ばなければならなかった。左右の手と腕に二つずつランチプレートを載せ、仁はキッチンを出た。と、店の一番奥のテーブルに、主婦層相手のこの小さな洋食屋の雰囲気にまるで不似合いな、屈強な四人組の男たちがいるのに気がついた。全員、椅子から尻がはみ出てしまっているような、大きな体軀の男たちだ。

そのうちの一人を、仁はよく知っていた。

大柄で、筋肉質な、西洋人。Tシャツの上からでも明確にわかるほど隆起した大胸筋。

日焼けした丸太のような腕。薄茶色で短くカットされた髪。意識して鍛えられたであろう太い首に、マットシルバーのネックレス。

彼らの前に、「本日の日替わりランチプレート」を置く。

「そのエプロン、すごく似合ってるぞ」

そう男は言った。仁は、他のテーブルには聞こえないよう、小声で抗議をした。

「こういうやり方はルール違反じゃないのか？」

すると、男はニヤニヤしながら、

「仕方ないじゃないか。我慢できないんだ。おまえのことを愛しているからな」

そして、短く切り揃えた顎ヒゲを触りながら、

「ところで、いい加減、俺の頼みを聞いてくれないか？　聞いてくれたら、もうこうやって店に押しかけたりしない。どうだ？　悪い話じゃないだろう？」

と言って、仁に向かってウインクをしたのだった。


バカか俺は……

仁は、イライラと頭を振った。

何度、同じことを思い出しているのだ。もう、全ては取り返しのつかないところまで進んでしまったのだ。もう自分には帰る場所はない。覚悟を決めて、ただ、前に進むだけだ。

ふと、ある店の前で足を止める。青い壁に、バイト募集の広告が貼られていた。黒い油性のマジックで書かれた「急募」という汚い字。その下には「誰でもOK!」とだけ書いてある。なんと都合のいい店だ。ジーンズのポケットに手を突っ込みながら、店内を覗いてみる。周辺に海などない町なのに、三十坪程度の店内には、ウェットスーツやダイビング用品が並んでいた。南向きの窓際には、小さなカフェが併設されている。テーブルはたったの三つ。それぞれに椅子が三つ。視線を店の前の黒板式の立て看板に戻す。メニューは、カレー、パスタ、日替わりランチ、そして、コーヒーなどのドリンク類。楽勝である。もう一度、店内を見る。レジの前の椅子には店主らしき中年の男がどっかりと深く腰を掛けている。ジャラジャラとたくさんのネックレスをつけ、派手なブルーのTシャツに腰まで落としたぶかぶかのジーンズ。店内に流れるダンスミュージックに合わせているのか、頭を右に左にと揺らしている。そのたびに金髪の長い髪もゆらゆらと揺れる。

ここでいい。ここがいい。仁はガラスのドアを押して中に入った。

「いらっしゃいませ」

店主の声は意外に甲高かった。

「バイト募集の貼紙を見たんですが……」

そう言うと、

「マジで！」

と嬉しそうに顔を緩めた。

「それさ、さっき書いたばっかなんだよ！　すっげ、はええ。とりあえず座ってよ。どこでもいいよ」

言われるがまま、カフェスペースの一番入口に近い席に座る。黒く四角いテーブルに手を乗せると、油が拭きされていないのかベタリとした感触があった。店主が向かい側に座る。

「で、何作れんの？」

店主は、足を組み、ポケットから外国製のタバコを取り出しながら訊いてきた。タバコを口にくわえ、ドクロの絵が入ったジッポーで火をつける。浅黒い肌。チャラい服装のせいで若く見えるが、実際は四十代の後半くらいの気がする。

「なんでも」

「なんでも？」

「ええ。なんでも」

簡潔に答える。

「うちさー調理の人が女できたとか言って辞めちゃって。ってか、女できたぐらいで辞めるか普通？　まあ、いいんだけど。それでさ、今カレーしか出してないんだけど。あ、俺が作ってんだけど、まあ、不味いのなんのって。ちなみに今日のカフェ客はゼロ～」

そう言って、おかしそうに笑う。この油っぽいテーブル一つで、カレーが不味いことは容易に予測できた。

「ダイビングショップだけじゃ売り上げ足りねえんだよね。ってか、その前に海も遠いし。でさ、一年前ぐらいに改装して、カフェ的なの造ってみたんだけど。まあ、客入らなくって。ってかさ、あんた何でも作れるってさ、すごくない？　お店のメニューとか増やせちゃったりする？」

そう言って、テーブルの上のイルカ形の灰皿にタバコの灰を落とす。どうも、話が前後している。頭が良いようには思えない。

「ええ。任せていただけるなら、メニュー作成から仕入れ、なんでもやりますよ」

今まで、転職してきた店の名前と業態をいくつかあげる。

「いいじゃん、いいじゃん！　決めた！　俺、あんたに任せるわ」

そう言って、男は、テーブルの上から握手を求めてきた。だが、その前に言わなきゃいけないことがある。

「ただ、ちょっと、履歴書を持っていなくて……」

「あ。そうなの？」

「ええ」

すると、店主はヘラヘラと笑いながら、

「何？　訳あり系？　刑務所系？」

「……」

「あ、別にいいよ。俺、あんま気にしないから。あんた人は良さそうだし。まあ、今日から頼むよ。ただし、時給は安いけどね」

と言って、また笑った。

「よし、オッケー。俺は、馬場ね。馬場庄之助。時代劇みたいでシブいだろ？」

「は？」

「で、あんたの名前は？」

「……朝比奈です」

「そ。じゃあ、あっちゃんってことでいいかな」

フルネームは尋ねられなかった。この店は、ラクかもしれない。そう思った。馬場は、仁の右肩を軽く叩き、

「……あんた結構筋肉ついてるね」

と驚いた顔で上半身をペタペタと更に触ってきた。

「いえ、とんでもないです」

できるだけ体を縮め、小さく首を振った。

「じゃ、今日からでいい？」

「もちろんです。よろしくお願いします」

雇い主となった馬場に頭を下げ、仁は立ち上がった。

その日、仁は新たな職場で十九時まで働いた。キッチンの掃除をし、食器を洗い直し、テーブル等をピカピカに磨き直した。

いつもより軽い足取りで部屋へ帰る。途中、コンビニで缶ビールを二本とつまみのサラミを買った。ビニール袋をゆらしながら、店から徒歩で十五分ほどの場所にある、二階建て横長築五十五年の木造アパートの、一階の一番奥の部屋へ。ちなみに家賃は三万五千円である。黄ばんだベージュのドアの横には、リサイクルショップで買った薄汚れた洗濯機。そして百円ショップで購入した洗剤、柔軟剤、バケツ。

悪くない。

そう仁は思う。

住めば都と言うではないか。こういう暮らしも悪くはない。

と、ふと、ドアの下に白いカードが挟まっているのに気がついた。二つ折りにされたそのカードの表には、

「ｗｉｔｈ Ｌｏｖｅ」

と鉛筆で書かれていた。仁はしゃがみこみ、ゆっくりとそのカードを手に取る。

開く。

中には

「marry me」

と短く書かれていた。

2

十二月二十三日。

渋谷での爆弾テロ予告の当日。

その日の渋谷の駅前は、早朝から爆発物を捜索する警察官たちでいっぱいだった。朝のうち、ネットでの反応は「悪質なイタズラ」と「次は本当かも」がちょうど半々という感じだった。イタズラ説の主な根拠は、「本当にやる気なら、いちいち場所を教えるわけないいじゃん」というものだった。午前八時になり、九時になり、十時になっても、爆発物らしきものを警察が発見できていないというニュースが流れると、イタズラ説がグンと勢いを増した。

十一時。須永基樹は日本橋の、とあるビジネスホテルの一階にある、古びたカフェに来ていた。それなりに広い空間があるにもかかわらず、客は、自分たちだけだった。微かにタバコの匂いがするワイン色のソファーは、経年劣化でところどころほつれている。

そのソファーに座り、須永は、自分の母と、そして義理の父と一緒に、七百六十円もする不味いコーヒーを飲んでいた。

「仕事は忙しいの？　ちゃんとご飯食べてる？」

まるで小学生に訊くような言い方で、今は「三輪（みわ）」という姓になった母の尚江（ひさえ）が須永の顔を覗き込む。

「ちゃんと食べてるよ」

「なんだか痩せた気がするけど」

「いや、そんなことはないよ」

「そう？」

尚江は、白髪まじりの髪を後ろで一つに束ね、時代遅れの濃紺のスーツを着ていた。

このスーツが母親の一張羅なのだ。服くらいもっと買えばいいと思うのだが、どんなに金を送っても、彼女はそれを使わない。全部、須永名義のゆうちょ口座に貯金してしまう。彼女が素直に受け取ってくれるのは、誕生日と母の日に贈る花束くらいだ。

「それより、なんでこんな古いビジネスホテルに泊まったんだ？　上京するって一言いってくれれば、俺がもっときちんとしたホテルを予約したのに」

そう須永が言うと、尚江は大げさに両手を振った。

「そういう高級なホテルは、私たちには分不相応で落ち着かないのよ。ねえ」

そう言って、尚江は、隣にいる三輪貞夫(さだお)に同意を求めた。貞夫もまた、随分とくたびれた紺のスーツを着ていた。

「うん。そうだね」

口数の少ない貞夫は、体を丸めたまま小さな声で答えた。

「ここね、ネットで予約したら、ツインで一泊六千六百円だったの。安いでしょう? お父さんが予約してくれたのよ。ねえ」

「うん。そうだね」

尚江は、須永のいる前で、あえて自分の夫を「お父さん」と呼ぶ。それで、須永自身も、時々は気を遣って貞夫のことを「お父さん」と呼ぶ。母親の再婚にまったくわだかまりはない。母が「須永尚江」から「三輪尚江」になっても母は母であり、彼女が幸せなら何も言うことはない。ただ、たまたま、尚江が姓を変えた時期と、須永の開発したアプリ第一号が大ヒットして仕事が多忙になった時期が重なった。なのに貞夫は、須永が実家にあまり帰らなくなったのは自分のせいだと未だに思い込んでいる。それが少し鬱陶しいと須永は思っていた。二人が上京してきたのは昨日。貞夫の姪の結婚式に出席するため、茨城の田舎から出てきたのだ。

「昨日の結婚式は素敵だったわよ。とっても見晴らしのいい素敵なレストランで。それに花嫁さんがもう素晴らしく可愛くって」

母はとても上機嫌だった。

「それで今日はね、久しぶりの東京だし、少しは観光みたいなことをしたいと思って」

「へえ」

「なんだかデートみたいでしょ」

「それはいいね。で、どこに行くの?」

「それを迷ってるのよ。前に来た時は浅草とか上野とかに行ったから、今日はもっと新しめのところに行きたいねってお父さんとは話してるんだけど」

「新しめ?」

「ほら、今、いろいろたくさんできてるんでしょう? なんとかヒルズとかなんとかミッドタウンとか」

須永は、コーヒーを無理してまた一口飲んだ。そして、

「今日は、渋谷にだけは行かない方がいいからね」

と努めて普通の抑揚を心がけながら言った。

「渋谷?」

どうやら、母も義理の父も、昨日からテレビも新聞も目にしていないようだった。母親は無邪気に、

「渋谷とか原宿とかは無理よ。若い人が多過ぎるところは、お父さんがすぐ疲れちゃうし」

と笑って言った。

「うん。そうだね」

貞夫がうなずく。

「観光なら、スカイツリーがいいんじゃないかな。あそこも出来てしばらく経ったから、だいぶ人出は落ち着いてるみたいだよ。今日は天気もいいし、眺めは抜群じゃないかな」

そう須永は言った。そして、仕事があるからそろそろ行かないといけないんだと言って、五千円札を出しながら立ち上がったが、その札をサッと貞夫に押し戻された。

「ここはいいから。わざわざお茶に付き合ってくれてありがとう」

そう貞夫は頭を下げた。親とお茶するくらいでいちいち礼を言われるのは困るなと思いつつ、須永は素直に金を引っ込めた。

「じゃ、東京観光、楽しんで」

「ありがとうね、基樹。あ、たまにはお正月、帰ってきてね」

「わかった。今度は行くよ」

「約束よ」

「ああ」

須永は、貞夫に頭を下げ、喫茶店を出た。


十二時。

渋谷駅ハチ公前での爆弾テロ予告時間まで、あと六時間半。

機動隊爆発物処理班・S班の第四小隊長である山根真(やまねまこと)は、早朝組と交代する形で、渋谷に入った。前の組から引き継いだ情報は、

「爆発物と思(おぼ)しきものは、何も見つかっていない」

だった。


十三時。

長野県の松本市に住む川西智花(かわにしともか)・十三歳は、駅前のコンビニのイートインの椅子に腰を掛け、いつも一緒につるんでいる友達四人に、

「今日から家出するよ〜〜〜」

とやや誇らしげにLINEを送った。昨夜、父親に「クリスマスは友達の家でオールでパーティをする」と言ったら猛反対されて喧嘩になったのだ。父親が言うには「クリスマスとかお正月とか、そういう節目の日は家族と過ごしなさい」なのだそうだ。どんだけ古い感覚なのだ。

それで、持っている金を全部バッグに入れ「家出します」とメモを自分の部屋のデスクの上に残してきた。ちなみに、学校は、天皇誕生日でお休みである。

速攻で返信が来た。

「智花には無理だと思う(笑)本当に家出するなら、ちゃんと証拠を見せてよね(笑)」

証拠。証拠ってなんだよ。

それで、智花は、「渋谷に行けばいいんじゃね？」と思いついた。

渋谷に行って、爆弾どうのこうので大騒ぎしている様子を友達に実況中継してやろう。みんな羨ましがるに違いない。で、今夜はちょっとナンパくらいされちゃって、で、明日の夜までに松本に帰れば、友達の家でやるパーティにも出られる。で、二十五日の朝に「ごめんなさーい」とか言って帰ればいいのだ。二十五日だってクリスマスだから、父親の命令はそれで守ったことになる。いいね。いいね。それがいいね。

それで智花は、渋谷に向かうために駅に入っていった。

十四時。

柏木宗一（かしわぎそういち）は、東京都の狛江市（こまえし）に住む会社員である。年齢は四十二歳。だが、まだ独身である。この日を宗一は「掃除と洗濯の日」と決めていた。にもかかわらず、会社から電話がかかってきた。

「ちょっとだけ、休日出勤頼めないかな？」

電話の相手は上司の課長だった。

「データのデリバリーを頼みたいんだよ。渋谷のシステム会社。顧客の個人情報が山盛りだからバイク便とかじゃ危険だし、ネットで送って万が一、流出したらクビもんだし。わかるだろ？　向こうさんは今日中に届けてくれるなら、時間は何時でもいいって言ってるんだ。おまえの都合のいい時間でいいから頼むよ」

そう言われると、断れなかった。

部屋を見回す。だらだらと朝寝をしたせいで、洗濯機はたった今回し始めたばかりだし、フローリングの床掃除も明るいうちにやりたい。それで、宗一は上司にこう答えた。

「夕方なら動けると思うんで、それくらいに会社に行きますね」


十五時。

志村妙子は、西東京市に住む三十二歳。現在、婚活中である。

ネットの婚活サイトに登録し（有料である）、三十人くらいの男たちとメールのやり取りをした結果、「一度、会ってもいいかな」と思える男を三人にまで絞っていた。

今日、その中の一人から、

「突然ですが、今夜、仕事で東京に行くことになりました。会えませんか？」

というメールが来た。三人のうち、この「山井」という男が一番メールの感じが良く、年齢も近く、年収も良く、ただ、大阪在住というのだけがネックになっていた。

そうか。彼が大阪から来るのか。この機会は逃さない方がいいのではないだろうか。

そう妙子は思った。

「十八時に品川に着きます。どうでしょう。今、話題の『渋谷』の騒ぎをちょっと冷やかして、それからどこかで食事でも」

あと三時間あるなら、ギリギリ準備は間に合いそうだ。テレビのワイドショーは、朝から延々と渋谷の様子を映している。妙子のミーハーな部分が少しその提案にくすぐられてもいた。それで妙子は、山井にＯＫの返事をした。そして、今夜着ていく服をどうしようか考え始めた。


十六時。

三崎史華（みさきふみか）は千葉県千葉市に住む二十二歳。アパレル勤務。週に五日、渋谷にあるマーガレット・ハウエルのショップで働いている。

その日ももちろん働いている。

今日は早出で出勤をしていて、上がり予定は十八時である。


十七時。

江田龍騎（えだりゅうき）は、もう渋谷の駅前に着いていた。彼は東京都豊島区に住む二十四歳。職業は、ＹｏｕＴｕｂｅｒ。ＹｏｕＴｕｂｅで、とにかく再生回数が稼げそうな面白動画をアップする。そのヒット数に合わせてＧｏｏｇｌｅから広告収入が入る。それで、月に十万から十五万円くらいを稼いでいる。十五秒からせいぜい二分程度の面白動画を作るだけで、そこらへんのサラリーマンと同等とまでは言えなくても、なんとか食べていけるだけの収入が得られるのだ。毎日早起きして満員電車に揺られ、デスクにへばりつき、上司や取引先にヘコヘコしたりしなくてもいいのだ。最高ではないか。

それで、今日は龍騎は渋谷にやってきた。狙いはもちろん、渋谷ハチ公前爆破予告の成り行きを撮影するためだ。予告の十八時半より大幅に早く来たのは、撮影にあたってベストのポジションを確保するためだ。おそらくはただのイタズラだろうと龍騎は思っている。でも、できればその予想が外れ、派手に何かが爆発してくれたら嬉しいとも思っている。爆発があったのとなかったのとでは、その後の再生回数が二桁三桁変わってくるからだ。うまくいけば、今日の動画だけで、年末年始は働かなくてもいいかもしれない。正月にスキーに行くくらいの臨時収入になるかもしれない。そんなことを龍騎は期待していた。駅前を何度もウロウロとし、警察関係者たちに何度も「危険なので離れてください」と追い払われながら、規制線の最前列に近い場所を確保した。

テストを兼ね、爆発物を探す警察官たちの様子をＹｏｕＴｕｂｅにアップする。反応は上々だ。やはり、世間はみんな、この騒ぎに注目している。テロリスト、ありがとう。龍騎は心の中で、犯人に礼を言った。


十八時。

渋谷駅ハチ公前での爆弾テロ予告時間まで、あと三十分。

山根真は、疲労と苛立ちをリセットするため、あえて大きく深呼吸をした。空を見る。とっぷりと暮れた藍色の空。仄暗い赤い雲が、西の空にごくわずかだが残っている。

「ないかもと思って探せばない。しかし、あると思って探すと本当にあるのが爆弾ってやつなんだ」

かつて新人だった時、当時の教官に言われた言葉を今日は何度も思い出している。あの時は、正直ピンとこなかった。いや、今日まで、一度もピンときたことはなかった。今の日本では、爆発物の処理というのはいつだって訓練で、本番なんて数えるほどしかない。その数えるほどの本番も、基本的にはシンプルな構造の爆発物であって、テロリストが二重三重にトラップを仕掛けているような、そんな悪質なものとなると、山根自身、初めての経験だ。

昨夜から百五十人体制で探していて、怪しい物は何一つ見つからない。

時限起爆装置付きの爆弾はないのではないかと、山根はもう何十回も考えている。

しかし、イタズラ、と決めつけるのは危険過ぎる……山根はそう何十回も自分に言い聞かせている。ただのイタズラにしては、昨日の恵比寿の事件で使われた「アレ」は、あまりに高度過ぎる。重量センサーに温度センサー。そんなもの、素人に作れるとは思えない。

ならば、やはりあれか。既にセットされているのではなく、予告の時刻になると同時に爆弾が突っ込んでくるという作戦だろうか。例えば自動車で。あるいはドローンで。あるいは……実はこれが一番防ぎにくいのだが、犯人が自爆覚悟で徒歩で。

山根の傍にいた東出（ひがしで）という五年目の隊員が、小声で話しかけてきた。

「今日も、この前みたいなショボいオチだったらいいんですけどね」

「……」

東出の言っているのは、ちょうど一週間前に両国の国技館近くで起きた事件のことである。外国人が多く宿泊するビジネスホテル。その大浴場の脱衣場で、手榴弾のようなものが見つかったと通報があった。その通報は、まずは最寄りの所轄に回され、警察官が現場を訪れる。そこで爆発物の疑いありと判断されれば、爆発物の処理装備を完備している機動隊の「S班」の登場となる。その日は山根の班が出動した。住民への周知を始め、ビジネスホテル付近には厳重に規制線を張ってから、その問題の手榴弾を調べた。結論から言うと、それは手榴弾ではなく「手榴弾形のライター」だった。ジョークグッズ。おそらくは、宿泊者の忘れ物だろうということでチャンチャンとなった。

「あの時は無駄足で随分、頭にきたけれど、やっぱり本物よりはおもちゃがいいですよね」

「くだらないこと言ってないで、集中しろ。予告の時間まであと少しだぞ」

「……」

今、渋谷の駅前は、ハチ公を中心に半径五十メートルの円を描くように規制線が張られている。本当はもう少し広く張りたいのだが、そうすると渋谷駅前の交通が完全に麻痺してしまうので、そこは多少現実的妥協というやつが入っている。所轄の渋谷署や、応援に駆り出された他の署の人員は規制線の外の整理を担当している。山根が担当しているのは、ハチ公を正面から見て、右側三十メートルまでで、山根班六人で延々と爆発物を捜索している。

「しかし、すごい野次馬ですよ、山根さん」

また東出が無駄口を叩く。

「……ああ。知ってるよ」

規制線の外には、携帯を片手に写真を撮っている若者がわんさかいて、それが十八時半という予告の時間が近づくにつれ、倍々ゲームのように膨れあがってきている。なぜ、危険とわかっている場所に、こうも無防備にやってくるのか、そこが山根には解せなかった。

「死にたいのかな、みんな」

そうポツリとつぶやくと、

「俺は、死にたくありません」

と東出がきっぱりと言った。

「わかってるよ。当たり前だ。俺だってそうだよ」

山根は東出の肩を叩いた。東出は、来月結婚式を控えている。プロポーズが成功したと報告があった日、小隊全員で酒を酌み交わした。半年前のことだ。

「一つ訊いていいですか？」

「なんだ？」

「山根小隊長は、その、奥様に、今日ここの現場に来ていることは……」

「言ってないよ。当たり前だろ」

「ですよね。俺も、彼女に言ってないです」

頭上から爆音が聞こえてきたので、山根は、もう一度、藍色の暗い空を見上げた。予告の時間が近づいてきたので、マスコミ各社のヘリが付近を周回し始めたらしい。きっと、頭上から高性能のズームレンズで山根たちを撮影しているに違いない。それらは、LIVE映像として各局でしばらく垂れ流されることだろう。

「でも、隠せそうにないな。テレビに映りまくりだぞ、俺たちは」

東出も同じように空を見上げる。

「ええ。そうですね。多分、福岡の両親にも、彼女の親にも」

「じゃ、サボっていると思われないよう、もう一回、右端からだ」

「はい」

あと二十分。

雑念を振り払い、山根は辺りを見回す。真剣に見る。見続ける。

あと十五分。

駅の壁付近には、今はゴミ一つ落ちていない。全て確認し、撤去したからだ。誰にも目撃されずに壁に爆発物を埋め込むことは不可能だろうが、念のため、壁のヒビや、不自然な変色がないかチェックする。

ゴミ箱はない。

植木の下の地面はほとんど掘り返したし、金属探知機も当てている。何もない。

あと十分。

地下は地下で別の隊がチェックしている。下水道。地下鉄。そこからも「爆発物発見」の連絡はまだない。自分が犯人なら、タイル部分を剝がしてそこに時限装置付きの爆発物を埋め込む。そう考えて、少しでも緩んでいるタイルはないか徹底的にチェックしているが、怪しい場所はない。

あと、五分。

やはり、ないのか。

あと三分。

ただ、犯人に担がれ、笑われているだけか。

……それならそれでいい。照明班のライトがハチ公を煌々と照らすのを見ながら、そう山根は思った。

それならそれでいい。

爆弾なんて、なくていい。

俺たちのこの労力は、ただの徒労でいい。

その時だった。ふと、山根の心がざわついた。

「おい！　誰か!!」

山根は大声をあげた。山根班の六人全員が顔を上げる。その時一番近くにいた春日と
いう隊員が、皆を代表して山根に声をかけた。
「隊長。どうしました？」
「なあ。ハチ公って、首輪をしてたか？」

十八時十五分。
印南綾乃は、真奈美との待ち合わせ場所であるJR渋谷駅の南改札の前に立っていた。
黒い薄手のハーフコートを着ていたが、もう少し生地が厚めのコートを着てくればよか
った……そう思うくらい夜風は冷たかった。爆破予告について、ニュースの続報は全然
チェックしていなかった。なので、駅に着いた時、ハチ公口がまだ閉鎖されていて、南
改札の前がびっくりするような混雑になっていることに驚いた。
（やっぱり、少し遠回りだけど、原宿駅から歩くべきだったかな）
そう少し後悔をした。
実は、あれから一度、真奈美にキャンセルの提案はしていた。夜中の〇時ちょうどに、
真奈美にLINEをした。昨夜の深夜のテレビが、渋谷の爆破予告に関するニュース一
色になっていたからだ。
「別に大丈夫でしょ。店、駅から距離あるし」
簡潔な返事がすぐに返ってきた。真奈美は真奈美で、念のため、あれからもう一度、

リストランテ・ナカヤマに問い合わせを入れたという。返事は「通常営業です」。案外、世間はそんなもんだ。テレビも、渋谷爆発の危険性より、どちらかというと、首相の磯山サイドのコメントを垂れ流してばかりのように見えた。

日本国は、テロには屈しません。

日本国は、テロリストといかなる交渉もいたしません。

日本国は、テロリストの非道な犯罪に対して、断固、不退転の決意で戦うのみです。

勇ましい言葉を並べているが、実際にやっていることは「テレビなんかに生出演したらどんな失言リスクがあるかわからないからやらないよ」と言っているだけではないかと綾乃は思った。そんなこんなで、今日の真奈美との渋谷デートはキャンセルにはならなかった。

「綾乃！」

背後から声がする。振り向くと、人混みの中から真奈美が手を振っていた。髪はくるりと巻かれており、着ている白いコートは今年新調した新品だ。寒いのに生足を出して九センチという高めの黒いヒールを履いている。まるで、真剣な合コンに行く時のような装いだった。

「ごめん、電車が遅れちゃってさ。本当にごめん！」

真奈美は拝むように手を合わせ申し訳なさそうに言う。

「まあ、例の爆発のこともあるしね。遅れるんじゃないかとは思ってた」

そう軽く言うと、

「いつもは遅れないでしょ、私」

と口を尖らせた。

営業職であるせいか、真奈美は時間に対して実は厳しい。以前、綾乃の方が待ち合わせに十五分遅れた時は、彼女の機嫌が直るまでかなりの時間がかかった。

「とにかく、もうお腹ペコペコ。さ、行こう」

そう綾乃が急かすと、真奈美はちょっとモジモジとして、それから、

「私もお腹は空いてるんだけどさ……でも、お店行く前に、ちょっとだけハチ公、見ていかない？」

と言った。

「え⁉ 危なくない？」

「でも、せっかく渋谷にいるのに、それ見て行かないのもったいなくない？」

「でも……」

「別に大丈夫だよ。インスタにアップする写真撮るだけ。一瞬」

「……」

「それにほら。時間、まだあるし。予告は十八時半でしょ？ ギリギリまだ余裕あるよ。半にあの場所にいなきゃ安全なんだから」

真奈美に手を引っ張られ、駅をぐるっと迂回するように歩いてハチ公前を目指す。普

通なら一分で着く距離だが、今日はすごい人である。

「ねえ、今、横通った人、ジャニーズの誰かに似てなかった？」

突然、真奈美が振り返って興奮した声で言った。

「全然、見てなかったけど、どれよ？」

「あれだよ、あの黒いコート着てる人」

綾乃は、真奈美が指差す方向を見る。

「黒いコートだらけだよ？　わかんないんだけど」

「ほら、あれだってば！」

「ていうか、こんなとこにジャニーズが一人でいるわけないじゃん」

「でも、すごく似てたよ。名前、何だったっけ。あーもう、あっという間に見えなくなっちゃった……」

その時、綾乃の目に全然別の人物が飛び込んできた。

「な、なんで？」

「ん？　どうしたの？」

「ねえ、あれって、須永さんじゃない？」

「え？　どれ⁉」

真奈美も、綾乃と同じ男を見た。二人から十メートルほど前を、須永がコートも着ずに歩いていている。

「何だよー。東京駅の近くで大事な接待とか言ってなかった?」

真奈美は、不機嫌そうに言った。

「そういう嘘をつく男かー。てことは何だ? 本当は渋谷で女とデートか?」

「……」

ま、それならそれで仕方がない。綾乃は別に、須永の彼女でもなんでもないのだ。ただ誘われて、一度だけ彼の自宅で焼き鳥を食べたというだけの関係だ。

「それか、実は案外ミーハーで、爆弾騒ぎの野次馬に来たとか?」

「それはないよ。そういう人じゃないと思う」

「でも、あんだけテレビで騒いでたら、見たくなるのが人情でしょ?」

「や、ないない。だって、須永さんち、そもそもテレビないし。まったく観ないんだって」

「テレビ観ないの? 全然?」

「うん。それでも、必要な情報はいつの間にか入ってくるから……みたいなこと言ってた」

「ふうん」

すると、真奈美は急にニヤッとした。

「……ねえ、綾乃さん。このまま後をつけてみませんか?」

「は?」

「須永くんの正体、確かめてみようよ」


十八時二十分。

世田と泉は、渋谷ハチ公前のスクランブル交差点の脇に建っている、とあるビルの角五階にあるカフェのテラスにいた。このテラス部分は、夏のみの営業で、冬場は出番のない机と椅子が積み重なっているだけである。世田と泉は、そこから椅子を二つ拝借し、昨日から一睡もせずにカイロ片手にハチ公前広場を見張っていた。

「でも、これって無駄じゃないですかね。普通、犯行予告する前に爆弾は仕掛け終わってるでしょ」

そう言いながら、泉は双眼鏡越しにハチ公前の広場を見る。

半径五十メートルの規制線内のＪＲハチ公口や地下鉄への出入口は封鎖。周辺道路は交通規制。黄色いテープの周りには、パトカーや機動隊の装甲車がずらりと取り囲んでいる。その周りには……人、人、人。爆破予告時刻が近づいているのにどんどん人が増えていく。これじゃまるで祭りだ！　ワールドカップの時のバカ騒ぎと一緒だ！

「磯山首相が、生放送番組での対話に応じなければ、明日の十八時半に渋谷ハチ公前を爆破する」

犯行予告の動画は、ＹｏｕＴｕｂｅによって世界中に拡散した。声明文を読んでいたのは、来栖公太。犯人に脅迫されている気の毒な青年だ。もう一人、中年の女性が巻き込まれているはずなのだが、ＹｏｕＴｕｂｅには登場しなかった。おそらく、彼女は撮影係だったのだろう。

各局はこぞって緊急速報を流した。Ｔｗｉｔｔｅｒの検索キーワードのトップ10には「爆弾」「爆破」「テロ」「ハチ公」「首相と対話」「渋谷」「これは、戦争だ」などなど、ずらりと今回の事件関連の単語が並んだ。にもかかわらず……いや、だからこそ、なのか、今日の渋谷のハチ公前広場周辺には、いつにも増して人が多い。

それにしても、真冬のテラス席は身が切られるように寒かった。泉は、手に持っていたカイロと双眼鏡をいったん椅子の上に置き、ピョンピョンとその場でジャンプをした。二百ワットの電気ストーブとポケットの中のカイロくらいでは、この寒さに全然対抗できなかった。

飛び跳ねながらも、視線だけはハチ公前に送っておく。百五十人もの捜査員たちが、寒空の下、爆発物を延々と捜索している。昨晩から二十四時間も捜索している。

「ん？」

突然、双眼鏡を見ていた世田が声をあげた。

「俺たちの知っている男がいるぞ」

「え？」

泉は慌てて双眼鏡を構え直し、世田の指差す方向にそれを向けた。

「……あ、あの男。恵比寿のマンションの」

「ああ」

「世田さんが、なんか気になるって言って、二回も職質した男」

「ああ。結局、何にも出なかったけどな。名前、何て言ったかな、あいつ」

「……須永、ですよ。須永」

「そうだ。須永だ」

泉は、双眼鏡のズームを拡大させた。須永は携帯を盛んに見ている。残念ながら、画面までは確認できない。電子ズームは画質が粗くなるので、そこまでは解像してくれない。

「偶然、ですかね」

「そんなこと、俺が知るわけないだろう」

泉の腕時計のアラームが鳴った。

「世田さん。十八時半まで、あと三分です」

あらかじめ、そのタイミングで音が鳴るようにセットしておいたのだ。

「泉！　動きが出たぞ！」

世田が叫んだ。

「え？」

ハチ公前にいる機動隊が、慌ただしく動き始めたのが、泉にもすぐ理解できた。何かが起きた。爆弾を見つけたのか？　このタイミングで、爆弾を見つけたのか？

十八時二十五分。

真奈美は急にニヤッとした。

「……ねえ、綾乃さん。このまま後をつけてみませんか?」

「は?」

「須永くんの正体、確かめてみようよ」

「は? 嫌だよ」

綾乃は反射的にその提案を却下した。

「いいじゃんいいじゃん。堅いこと言いっこなし。嘘つかれたまんまだと、この先、彼との関係どうすればいいかもわからなくなっちゃうしさ」

そう言うなり、真奈美は足の運びを速め、須永との距離を少しずつ詰め始めた。仕方なく綾乃も真奈美の後ろを付いて歩く。須永はしきりに手元を見ている。携帯を頻繁にチェックしているようだ。向かう先は、やはりハチ公前の広場のようだ。

「ねえ、今どこに居る?って、電話してみたら?」

「は?」

突然、真奈美がまた悪趣味なことを言い出す。

「早く! かけてみてよ!」

「なんでよ」

「なんでって、その対応で、彼っていう人間がまた一つわかるでしょ？　早く！」

　私は、彼のことをそこまでして知りたいのだろうか。そもそも、相手のことを知るってどういうことだろう。突然、夏に別れた元彼のことを思い出す。十年も付き合っていたのに、卓哉が一年以上も年下の巨乳女と二股していたことを知らなかった。同じ別れるにしても、できることならそれは知らずに別れたかった。同じ別れるなら、傷が少ない別れ方を相手には考えてほしかった。で、今は須永だ。誘いを断るなら断るで、わざわざ嘘なんかつく必要はないはずなのに、なんで「大事な接待」だなんて言ったんだろう。なぜ、わざわざ「東京駅近くの店で」なんて、具体的に地名まで言ったんだろう。

「こんなことやめてさ。もう行こうよ。ナカヤマに」

　綾乃は真奈美の提案を拒否した。

「えーっ。ここまで追ってきたのに？」

「これ以上やると、自分が惨めになる気がする」

「そう？　わかった。じゃあ、駅前写メだけで我慢する」

　そう言うと、真奈美はスマホをバッグから取り出し、野次馬が最もたくさん集まっているハチ公前広場前にじわじわと近づいていった。

　綾乃は時計を見た。この時計、少し遅れ気味じゃなかったっけ？　そんなことを思った時、遠くから男たちの怒声が聞こえてきた。

「下がれ！」

「伏せろ！」

「下がれ‼」

十八時二十七分。

「なあ。ハチ公って、首輪をしてたか？」

山根はそう大声をあげた。

「え？　首輪、ですか？」

今、目の前にあるハチ公は、銅像の質感とまったく同じ鈍色（にびいろ）の細い首輪をしていた。

顎の下部分に小さな長方形の飾り。

「いや、どうですかね」

「すぐに確認しろ！」

山根が叫ぶ。誰かが慌てて携帯で画像検索をする。

「……してません‼」

「!!!」

「ハチ公は、首輪なんかしてません!!!」

悲痛な声が辺りに響く。

「これか……ちくしょう！　これが爆弾か！」

部下の東出が感情的にハチ公に近づこうとするのを、山根は慌ててその襟首を摑んで引き戻した。

「触るな。加速度センサーが付いている可能性がある」

「！」

「東出は無線で本部に報告しろ！　残りの者はレントゲン投射の準備！」


盲点だった。

テロリストが爆発物を仕掛けるのであれば、それは人目につかない場所に巧妙に隠されているはずだという先入観が山根にはあった。他の隊員たちも皆そうだろう。まさかこんなにも堂々と、あからさまに、彼らの目の前に爆弾が晒されていたなんて。

即座にレントゲン投射の機器が来る。投射をする。何も映らない。首輪の中心の部分が鉄板のようなもので覆われているようだ。なので、乾電池があるかどうかも、あるならその場所はどこなのかも確認できない。今まで警察犬が反応していなかったということから、これは無臭。ということは、プラスチック爆弾である可能性が高い。

どうする？

通常なら液体窒素を使う。液体窒素で中の乾電池を凍らせれば、通電しなくなり起爆装置が無効化される。しかし、その方法は恵比寿でまんまと逆手に取られている。目の前の爆弾にも同じ温度感知センサーが入っていれば、液体窒素をかけた瞬間に爆発する。

「爆破予告時間まであと一分です！」

春日が叫ぶ。

一分。たった一分で何ができる。あの爆弾の内部構造すらわからない状態で、たった一分で何ができるというのだ！

山根は、呻くように言った。

「……総員、退避」

「え？」

「退避だ！　離れろ！　ここから少しでも遠くに離れるんだ！　ゴー！　ゴー！」

山根の言葉で、小隊は、一斉に規制線に向かって走り始めた。走りながら、全員、山のようにいる野次馬たちにも必死に声をかけた。

「下がれ！」

「伏せろ！」

「下がれ‼」

もうやばい。山根の直感がそう告げていた。規制線のすぐ手前で、山根は自分から身を投げ出し、地面に伏せた。ハチ公側に足。少しでもハチ公から遠い場所に頭。そして、せめてもの防御にと両腕で頭部を覆った。

爆発は、その二秒後に起きた。

3

それは、初めての体験だった。

世界は完全な闇で、視覚から来る情報は何一つ得られなかった。その代わり、音という音が、生音を何十倍にも増幅したかのように耳元でガンガン鳴っており、それはそれで大き過ぎて元が何なのかを判別することすらできなかった。

顔が、尋常ではないほど熱い。

何かが顔の上で燃えているのではないか。

手を伸ばしてそれを振り払いたかったが、誰かががっちりと綾乃の両腕を押さえつけていて、彼女は身動き一つとることができなかった。

動いている。

足を動かしてもいないのに、滑るように自分はどこかへ動いている。

大勢が耳元で叫んでいる。

あるいは、世界が回っている。

大勢が耳元で叫んでいる。

と、突然、それらがプツンと切れて、彼女はふわふわと別の世界へと落下した。

そこは、漆黒の闇ではなく、濃淡のほとんど感じられない灰色の世界だった。

綾乃の視線の先には一人の薄汚い少年がいて、綺麗にラッピングされた紙箱を持っていた。

クリスマスのプレゼントだろうか。

泥のような物で汚れた彼の手に、その美しい箱はまったく似合っていなかった。

不意に綾乃は、事態を理解した。

少年は、探しているのだ。それを落とす場所を。

落とせば、それは爆発するのだ。


「やめて」


声を出す。出そうとする。出ない。ただ、口が動いただけだ。

しかし、少年は綾乃の存在に気づき、振り返った。

目と目が合う。

冷たい目だ。

薄汚い少年と思っていたが、もしかしたら少女なのかもしれない。そう綾乃は思い、そして、そんなことはどうでもいいことだと、また思う。

思考がまとまらない。ただ、回っている。何かが回っている。

彼、あるいは彼女は、手に爆弾を持っている。

それを落とすと、世界は壊れる。

それを知っていて、彼、あるいは彼女は、一番効果的にそれが果たされる場所を探している。

と、なぜか、急に、綾乃の横に須永が現れた。

手に銃を持っていて、それを彼、あるいは彼女に躊躇なく向けた。

「そいつを静かに下に置け」

須永は言った。

「言うことを聞かなければ、撃つ」

彼、あるいは彼女は、まったく銃を恐れてはいなかった。

「撃てばいい。撃てば、この箱が落ちて、世界は終わる」

「撃たなくても、おまえはそれをいつか落とすんだろう?」

「そうだ。世界は終わる。今はもう、おまえたちにできることは何もない」

綾乃は、その、死刑宣告に等しい言葉を聞きながら、

(そうか。今ではなく、少し前ならまだ、私たちにもできることは何かあったのかもしれないな)

と思った。

何もせず、三十年という時間を生きてきた。

世界に対して、何も、何もしなかった。

ただ、漠然と、みんなと同じような方向に歩いていれば、それなりに安全で安心な人生が過ごせるのだと思っていた。根拠なく、そう思っていた。

「もう一度だけ言う。そいつを静かに下に置け。言うことを聞かなければ、撃つ」

須永は言った。

彼、あるいは彼女は微笑んだ。白い歯がちらりと見える。それから彼、あるいは彼女は、クリスマスプレゼントの箱を大きく頭上に持ち上げた。

須永は銃を一度握り直した。そして、

「なら、せめて俺はおまえたちを撃つ」

そう言って、本当に銃弾を発射した。

立て続けに三発。続いて二発。

しかし、その弾はなぜか、彼、あるいは彼女ではなく、綾乃の顔と胸を貫いた。ショックで彼女の体は跳ね上がり、そして激しく倒れた。

死んだ。

そう思った瞬間、世界が元に戻った。

灰色から、再び、漆黒の闇の世界に。

聴覚が戻ってきて、遠くに真奈美の声が聞こえた。

「綾乃!!　綾乃!!　綾乃!!」

目を開いて、現実の世界に戻ろう。

しかし綾乃は、まぶたの動かし方を、なぜか思い出せなかった。

4

日本で最も有名な待ち合わせスポットである犬の銅像は、その瞬間に数千近い微小な破片となり、あたかも散弾銃を乱射したかのように、三六〇度全ての方向に襲いかかった。

川西智花は、ハチ公前広場をバックに、同じ中学校の友人に自撮り写真を送ることに夢中になっていた。

爆発の瞬間、彼女は広場に背を向けていた。

砕け散ったハチ公の破片が三つ、彼女の後頭部を直撃し、頭蓋骨を突き破って脳細胞を破壊した。

川西智花は即死した。

柏木宗一は、ただの通りすがりだった。

上司の命令で、個人情報のたっぷり詰まったデータベースを渋谷にあるシステム会社に届けただけだった。柏木宗一は、今回の爆弾騒ぎにまったく興味がなかった。戦争だとか、首相がどうしたとか、そういったことは、未来永劫、自分とは無関係のことだと思っていた。

爆発の瞬間、彼は広場の近くを歩いていた。爆風が彼を吹き飛ばし、アスファルトの地面に叩きつけた。

即死だった。

志村妙子は、品川で婚活相手と初めて直接会った。そして、いそいそと渋谷まで、爆弾騒ぎの野次馬になりにやってきた。

駅前は予想以上の人出だった。まるで、隅田川の花火大会だと志村妙子は思った。油断していたらはぐれてしまうかも……そんな心配をしていたら、相手の山井という男が、すっと彼女の手を握ってきた。それがとてもスマートに思えて、志村妙子の中で彼の評価がグンと上がった。

「今夜は少し遅くなっても平気？」

山井が訊いてきた。

「少しなら」

そう志村妙子は、頬を赤らめながら答えた。

その瞬間、爆発は起きた。

爆風は、二人を仲良く一緒に吹き飛ばし、仲良く一緒に絶命させた。

三崎史華も、ただの通りすがりだった。この時間に渋谷にいたのは、単に職場が渋谷だったからだ。

三崎史華も、今回の爆弾騒ぎにまったく興味がなかった。戦争だとか、首相がどうしたとか、そういったことは、未来永劫、自分とは無関係のことだと思っていた。ただ、通勤経路が大混雑するのはマジで勘弁してほしいと思っていた。

仕事の後、彼女は吉祥寺で友人がやるライブを観に行く予定だった。原宿まで歩いてそこからJRに乗り、そして新宿で乗り換えるという選択肢もあった。でも、それはやはり面倒に思えた。渋谷駅から井の頭線に乗れば一本だし、始発だから座って行くことも可能なのだ。アパレルの仕事は基本立ち仕事なので、彼女はできれば座りたかった。

それで結局、彼女は渋谷駅を使うことにした。

爆発の瞬間、彼女は広場の前にいて、物々しい機動隊の雰囲気に、少し気を取られているところだった。砕け散ったハチ公の破片が彼女の顔面に襲いかかり、無数の穴を開けた。

もちろん、即死だった。

江田龍騎は、特等席に陣取っていた。

ｉＰｈｏｎｅのカメラをビデオモードにして、ずっと撮影をしていた。携帯用のバッテリーを持参していたので、充電切れの心配は皆無だった。

と、突然、

「退避だ！　離れろ！　ここから少しでも遠くに離れるんだ！　ゴー！　ゴー！」

と隊長らしき男が叫んだ。彼の言葉で、小隊は一斉に動き始めた。

「下がれ！」

「伏せろ！」

「下がれ‼」

江田龍騎は歓喜した。なんと決定的な瞬間！　これを今夜ＹｏｕＴｕｂｅにアップロードしたら、一夜にして百万ビューは稼げるだろう！

その二秒後に、ハチ公は爆発した。その威力は、江田龍騎が根拠なく想像していたものとは大きく違った。彼はその爆風を真正面から受け止め、自分のｉＰｈｏｎｅを顔面にめり込ませて死んだ。

自分の行動の愚かさを省みる時間はまったく与えられなかった。

爆発の瞬間、世田はあの日のエアバッグを思い出した。

突如、目の前に出現したグレーの塊。顔全体に感じた圧力。死の予感。

今回は、グレーのエアバッグではない。砂塵と爆風とが、彼の視界の全てを数秒間奪った。反射的に腕で顔を覆い目を守る。やがて、恐る恐るもう一度顔を上げた時、渋谷の街は、何もかもが変わっていた。

「……なんてことだ」

スクランブル交差点は消滅し、かつてハチ公の銅像が存在していた地点から、放射状に無数の亀裂がアスファルトに刻まれている。ぽっかりと空いた小さな円。その外は、無数の倒れた人間たちで埋め尽くされている。

ビルの上にいる世田のところにまで、ふわふわと焦げ臭い匂いが昇ってくる。爆弾の近くにいた人間たちが、黒く焼け焦げているのだ。何人かは、人としての原形を留めているが、何人かは腕が千切れたり、足が千切れたりしている。呻く声が少しずつ、聞こえ始めた。全員が死んでいるわけではないようだ。ゾンビのように、血を流しながら立ち上がる者たちがいる。ショックが大き過ぎて「助けて」という言葉も、「痛い」という言葉も、忘れてしまったのか。ただ、アウアウと意味不明の呻き声を上げている。

(違う！　被害者を見ている場合じゃないぞ！)

世田は自分を叱咤した。

ジャーナリストなら、被害者を見ていればいい。カメラマンなら、被害者を撮ればいい。でも、自分は警察官だ。この大量殺人の犯人を捕まえるのが仕事だ。ならば、見るべきはもっと外側。もっと遠く。爆弾の殺傷圏のすぐ外側から、事の経緯を観察しているであろう犯人を見つけなければ。

世田は目を凝らした。砂塵と噴煙で透明度が低くなった渋谷の街を、とにかく見た。と、その時、百二十度ほど右の、やはりとあるビルの一室で、何かが光った。

(何だ⁉　今のは……！)

気づいた時には走り出していた。

ビルの階段を一気に駆け下り、かつてはスクランブル交差点だった場所を走る。渡って右側の細長いビル。目指すはそこの四階だ。

「世田さん！」

背後から泉が付いてくる。

「あのビルだ！　銃は抜いておけ！」

目指すビルの正面玄関の自動ドアは開かなかった。それで、側面にある非常階段を駆け登った。一気に四階まで。体力は若い頃の半分くらいしか残っていないと思っていたが、なぜかその時は息はほとんど上がらなかった。

四階へ飛び込む。

右から二つ目の部屋が目的地だ。普通ならインターフォンを押すなりノックをするなりして様子を見るのだが、その時の世田にはそんな選択肢は思い浮かばなかった。

最初から、ドアの鍵の部分に銃弾を二発打ち込み、それから足でドアを全力で蹴りつけた。ドアは世田の蹴り三発で開いた。

銃を手にしたまま、中に飛び込む。

そこは、ガランとした空室のテナントで、窓際で若い男が一人、三脚を使ってビデオカメラをハチ公前広場に向けていた。先ほど光ったのは、このビデオカメラのレンズだと世田は理解した。

銃をその若い男に向ける。

「動くな」

若い男は、泣いていた。世田がここに来る前から、涙で顔をぐしゃぐしゃにしていたようだった。その若い男の顔に見覚えがあることに、世田はすぐに気がついた。

来栖だ。来栖公太だ。

彼は、世田に向かって、責めるような声で言った。

だから、言ったのに……

これは戦争なんだって
言ったのに!!!

第四章

1

渋谷駅前にて爆弾テロ。

警察、これを阻止できず。

その知らせは、爆発から一分後には、捜査本部で待機していた鈴木学警視監のもとに届いた。その瞬間、彼は手にしていた書類を投げ捨て、デスクの上のトランシーバーを床に叩きつけ、それを更に足で激しく踏みつけ、最後は思いっきり蹴り飛ばした。

なんたる失態。

なんたる屈辱。

犯行を予告され、その予告通りの時間に、予告通りの場所で、まんまと爆発を起こされる。しかも、メディアを通じて再三渋谷へは立ち入らないよう警告をしていたにもかかわらず、現場は呑気（のんき）な通行人と怖いもの見たさの野次馬でごった返していて、結果、数百という単位で死者が出ているという。

「現場に非常線を張れ！　犯人は絶対にこの犯行を自分の目で見届けようとしたはずだ！　メディアが回していた映像も全て提出させろ！　野次馬たちのどこかに、絶対に犯人も映っているはずだ！」

常に冷静沈着と評判の鈴木だったが、この時ばかりは声は上ずり、無意識に頭皮を掻きむしった。

それから五分の後、鈴木のもとに少しだけ良い知らせが来た。

「所轄の捜査員が、来栖公太の身柄を確保」

来栖公太！　ＫＸテレビのアルバイトで、恵比寿三越の事件で警備室に警告に行った二人連れのうちの一人だ。犯人と接触した可能性のある数少ない人間の一人だ。ここから捜査が前に進む可能性はある。

鈴木は即座に指示を出した。

「来栖の取り調べは捜査一課の人間が当たれ。なんとしても、そいつから手がかりを引き出すんだ！」

「警察は、保護された来栖公太さんから慎重に事情を聴くと同時に、まだ行方のわからないもう一人の女性についても調べを進めています」

2

彼女は、部屋で一人、ずっとテレビを観ていた。

渋谷駅前のハチ公前広場が消滅した直後から、テレビ東京を除く全ての日本のテレビ放送は、予定されていた番組を全て差し替え、その前代未聞の爆弾テロについてのニュースを流し始めた。彼らは、来栖公太の名前と顔写真、そして彼が「出演した」犯行予告のビデオを、番組内で繰り返し使用した。渋谷の現場の映像がまだほとんど使われていないのは、取材が間に合っていないというよりも、現場の状況があまりに凄惨かつ無残で地上波の放送には耐えられないからだろうと彼女は推測した。被害者の名前はまだ一人も発表されておらず、死亡者数のおおよその数字もまだだった。ただ、死者が数百人という単位になるのは確実とのことで、それは日本という国がかつて被った中で、最も規模の大きなテロ事件ということだった。

「警察は、保護された来栖公太さんから慎重に事情を聴くと同時に、まだ行方のわからないもう一人の女性についても調べを進めています」

(慎重にってなんだよ……)

そう、彼女は胸の中で毒づいた。おそらく彼らは、公太の無罪を完全には信じてはいないのだろう。巻き込まれた被害者のふりをしながら、実は過激思想に毒されたバカな若者の可能性もある……そうどこかで疑っている……そんな印象を彼女は報道の雰囲気から感じていた。

有罪の立証に比べて、無罪の立証は難しい。

浮気の証拠をつかむのは簡単だが、実際に何もしていないというのを証明するのは難しい。

大量破壊兵器があると言い募るのは簡単だが、ないと証明するのは難しい。

疑わしきは罰せず、などと綺麗事を言いながら、でも、人は心のどこかで
(……とは言いつつ、何か裏があったりするんでしょ?)

と思い続ける生き物だ。

公太のこれからの人生のことを彼女は考える。

さっきまで、自分は公太といた。

「でも、きっと大丈夫。二人とも助かる。だから、この事件が終わったら、一緒にラーメン、食べに行こう」

彼女が、そう励ますと、目に涙を浮かべながら、

「絶対ですよ？　俺、楽しみにしてますからね」

と言っていた。

優しい若者だった。彼の身に突然起きたこの不幸な出来事に、彼女は胸を痛めた。

「警察は、保護された来栖公太さんから慎重に事情を聴くと同時に、まだ行方のわからないもう一人の女性についても調べを進めています」


それから彼女は、自分の夫を思った。

彼との出会いは、暑い暑い南の島のビーチだった。彼は、いつも笑顔だった。

最後に彼と話をしたのは、自宅の寝室。

その時も、彼は、笑顔だった。

今、自分がこんなことになっていると知ったら、夫はどう思うだろうか。こんな殺風景な部屋で、誰とも連絡を取れないまま、一人、史上最悪の犯罪行為の真っ只中にいる。

夫と話したい。今すぐ。

彼女は心底からそう思った。

しかし、それは無理だ。その事実が彼女を打ちのめしていた。

「警察は、保護された来栖公太さんから慎重に事情を聴くと同時に、まだ行方のわからないもう一人の女性についても調べを進めています」

早く進めてほしい。全てが手遅れにならないうちに。彼女は、視線を膝の上に置いてあるA4の紙に落とした。

それは、設計図だった。

材料の半分以上はその辺のホームセンターに行けば揃うようなもので、それらは既に部屋にきちんと用意されていた。

彼女は今からこれを組み立てる。

組み立てなければならない。

その前に、日本の総理大臣がテロリストの要求を聞いてくれたらいいのに。たかだか、テレビに出て自分が思っていることを話すだけのことじゃないか。それだけのことで、たくさんの命が助かるというのに、なぜ政治家はその程度のこともできないのか。そんなことを思った。だが、彼女の願いは通じなかった。テレビ画面の中で、スタッフらしき男性が、ニュースを読む女性アナウンサーに一枚の紙を手渡すのが見えた。

「新しい情報が入ってまいりました。渋谷駅のハチ公前広場での爆弾テロ発生から一時間半。次の爆破予告が公開されたことを受け、磯山審太郎首相は防衛省にて幹部会議を開催しておりましたが、今から、省内で緊急記者会見を行うとの発表がありました。映像を防衛省の記者会見会場に切り替えます」

そして、映像が切り替わると、既に、磯山首相本人が会見台に登場していた。

☆

首相と記者団との一問一答は左記の通り。

磯山「一連の爆発事件により、亡くなられた方のご家族のご心痛を思えば、言葉もありません。政府として、テロの阻止に向け全力で対応して参りましたが、このような結果になり、誠に無念であり、痛恨の極みであります」

記者「犯人は首相との一対一での対話を希望していますが、これについて一言」

磯山「日本国は、テロには屈しません。日本国は、テロリストといかなる交渉もいたしません。日本国は、テロリストの非道な犯罪に対して、断固、不退転の決意で戦うのみです」

記者「それは、前回の恵比寿の事件後のコメントとまったく同じですが」
磯山「同じです。我々は、卑劣極まりないテロ行為に屈することなく、いささかもブレることなく、テロと戦う国際社会において日本としての責任を毅然として果たしていく決意であります」
記者「犯人はなぜ磯山首相との会談を望むのでしょうか」
磯山「それは、警察による犯人の行動分析を待っている状態です」
記者「爆破予告は、首相も把握していたわけですよね？」
磯山「もちろん、把握しておりました」
記者「首相官邸の対応は万全だったと思いますか？」
磯山「……あなたはどこの会社の方ですか？」

記者「捜査の進捗状況は？」

磯山「具体的には申し上げられませんが、わが国の警察の威信をかけて、全力で対応しております」

記者「今後もテロリストが日本を標的にする可能性があるかと思いますが、首相としてこれをどう受け止めていらっしゃいますか？」

磯山「テロとの戦いは、国際社会全体の問題だと受け止めております」

記者「磯山首相が会談を拒否したことによって渋谷の事件が起きたという声もありますが」

磯山「声というのは、誰の声ですか？　テロリストの要求に屈したという前例を残すことは、長い目で見れば、より自国民を危険に晒す愚かな行為です。我々は、テロリストの非道な犯罪に対して、断固、不退転の決意で戦うのみです。そして、いささかもブレることなく、国際社会における日本の責任を毅然として果たしていく決意であります」

記者「犯人は、『これは戦争だ』というメッセージを発信していますが」
磯山「これは戦争ではありません。ただの卑劣な犯罪です」
（プツン）

☆

それ以上観ていられなくて、彼女はテレビのスイッチを切った。そして、深くため息をつきながら、また、例の設計図に目を落とした。どうやら、これを組み立てるしか、選択肢はないようだった。

3

「だから、言ったのに……これは戦争なんだって言ったのに!!!」

若い男はそう喚いた。

「おまえ、何を言ってるんだ？」

世田は、銃をその男に向けたまま問い質した。

「おい！」

「……」

「おまえ！　おまえに訊いてるんだよ！」

「……」

若い男は、のろのろとカメラに手を伸ばし、その電源スイッチを切った。そして、服の袖で涙をぬぐい、それから言った。

「今のは、俺の言葉じゃない……」

「は？」

「爆弾が爆発したら……そして、警察が来たら……そう言えって言われてて……」

「！」

来栖公太は、紫色になった唇を震わせて、あたかも警察が悪いかのような口調で言った。そして、そのままペタンと床にしゃがみこんだ。雑居ビルの四階。だだっ広く何もない無人のテナント。もちろん暖房は効いていない。が、来栖公太は涙だけでなく、大量の汗もかいていた。その汗と涙が、コンクリートがむき出しのグレーの冷え切った床にしたたり落ちて小さな池のようになっていた。その池の中に、公太はしゃがみこんでいた。

「戦争だと！　ふ、ふざけてんのか！」

世田の背後から泉が怒鳴った。ドスを利かせたかったのだろうが、緊張して少し声が裏返っている。その裏返った声が、四方の壁に反響して、やや間抜けなことになった。

世田は、銃を下ろした。そして、公太の前に歩を進めると、彼と目線の高さが同じになるよう、しゃがみこんだ。

ポケットから警察手帳を取り出す。

「俺は、渋谷署の世田っていう者だ」

「……」

「……」

「……」

「あんた、来栖公太さんだろ？」

世田は、意識して優しい声で訊いた。来栖公太は、ただ、小さくうなずいた。そして、

「俺に近づくのは危険ですよ。いつ、これが爆発するか、わかりませんから」

そう言って、右手首に巻かれた時計を世田に見せた。

「何だい、これは」

世田は、その時計に顔を近づけた。公太は反射的に手を引っ込めた。

「爆弾です……着けられたんです……ヤマグチさんに……」

爆弾という言葉を聞いて、背後で泉が小さく「ひっ」と悲鳴をあげたのが聞こえた。

「ヤマグチさん？」

「ヤマグチさんも犯人に脅されてて……ヤマグチさんも同じものを着けられてて……」

「……なるほど。それで脅されて、犯行声明とかも読まされたってわけか」

世田は振り返ると、泉に命令をした。

「S班に連絡しろ。すぐに」

泉は首を横に振った。

「世田さん。S班はみんな死にましたよ。一緒に見てたじゃないですか」

そう声を絞り出す。そんな後輩を、世田は、

「馬鹿野郎！　まだ本社に待機してる連中がいるに決まってる！　早く連絡をしろ！」

と一喝し、そしてまたすぐに公太の方に向き直った。

「来栖さん。大丈夫だから。すぐに爆発物処理班をここに寄越す」

「……」

「だから、やつらが来る前に、俺の質問に幾つか答えてくれないかな」

「……」

「犯人、捕まえたいだろ？　このまま、好き放題やられっぱなしなんて悔しいじゃないか」

「……」

「だから、協力してほしい」

「……」

来栖公太は、また涙を拭いた。そして、

「この腕時計、もしかしたら盗聴機能も付いているかもしれないですよ？　俺がなんか話したら、その瞬間に爆発するかも」

と言った。

「なるほど。それはそうかもしれないな」

世田は同意した。

「でも、別の可能性もある」

「別の可能性？」

「そう。そいつが爆弾だっていうのはただの脅しで、本当は単なる安物の腕時計っていう可能性だよ」

「まさか……」

「俺はね、危険なことに対しては、なんていうのかな、変なセンサーが働くんだ。実は昔、一度殺されかけたことがあってね。以来、そういうことがなんとなくわかるようになった。自分のことを超能力者なんじゃないかって思うこともあるくらいだ」

「冗談、言わないでください」

「本気だよ。じゃないと、俺だって怖くて君の側になんかいられない」

「……」

「その時計は爆弾なんかじゃない。少なくとも、盗聴できて遠隔操作もできて、なんて高度なシロモノじゃない。さ、俺の質問に答えてくれ。捜査っていうのは、初動捜査が肝心なんだ。今の一分一秒が、後々大きく影響してくるんだ」

「……」

背後で署と連絡を取っていた泉が、

「S班、五分で来ます」

と報告してきた。

五分という言葉を聞いて、来栖公太の表情が少し変化した。微かに生きる希望を見出したのだろう。

「あんた、恵比寿三越の警備室に行ってから、どこへ移動した？」

そう質問をすると、それでもしばらく公太は逡巡していたが、やがて、

「……五反田です」

とポツリと答えた。

「五反田？」

「そうです。五反田のウィークリーマンション。そこに行って待機してろって指示されたんです」

「……」

腕時計は爆発しない。ちらっと泉を見る。泉は既に手帳を取り出し、メモの態勢に入っていた。それで世田は安心して、また来栖公太に向き直った。

「マンションの名前、覚えてるかな?」

「ウィークリー・アンド・マンスリーって看板の出ている地味なマンションです。そこの七〇三号室です」

「……なるほど」

「……」

「あんた、一人じゃなかったよな?」

「はい。ヤマグチさんというおばさんと一緒でした」

「ヤマグチ、何さん?」

「ヤマグチアイコさんと言ってました。漢字はわかりません」

「……その人は、今どこに?」

「たぶん、まだ五反田に」

「どうして、一緒に行動していないんだ?」

「それは、犯人からの指示で」

「ほう」

「……」

「それは電話で？　手紙で？」

その時、ドアが激しく開き、

「全員動くな!!!」

という怒声とともに、大量の男たちが部屋に雪崩れ込んできた。本庁の刑事とS班との合同部隊だとすぐにわかった。

世田は両手を頭の上に挙げ、公太に小声で、

「時間切れで、取調官は交代だ」

と囁いた。そして、

「それにしても、あんたに撮影係をやらせるなんて、犯人もバカだよな」

と言った。

「え？」

公太は、世田の言葉の意味を理解できないようだった。それで、彼はもう少し嚙み砕いて解説した。

「だって、あの場にいた連中の五人に四人は携帯で写真や動画を撮ってたぞ。あんたがわざわざ撮影してネットに流さなくたって、結局は同じことだったじゃないか。だから犯人はバカだって言ったのさ」

そして、泉とともに素早く部屋を出た。

「世田さん、どこへ行くんですか？」

泉が小声で訊いてくる。

「本庁の連中からくだらない雑用言いつけられる前に、俺たちだけで行くんだよ」

「え？　まさか、さっきのあれですか？」

「これは、俺たちが最初に仕入れたネタだ。五反田にも、一番乗りさせてもらうことにしようぜ」

そう言って、世田は足早に非常階段を降り、まだ砂塵と血煙に霞むハチ公前広場に出た。

4

世田と泉は、ハチ公前の交差点は横切らず、そのまま井の頭線側の歩道を必死に国道二四六号方面へと走った。

駅周辺は、逃げ惑う群衆と、怖いもの見たさで逆に駅に近づこうとする野次馬が、どちらも歩道から溢れて車道を塞いでいた。そのせいで二四六号にある車は、全てが立ち往生状態だった。

それで、世田と泉は桜丘町の坂を駆け上り、渋谷インフォスタワー、ネクシィーズスクエアビル、桜丘郵便局などの前を駆け抜け、猿楽町の交差点まで出ることにした。

幸運なことに、そこでタクシーが一台捕まった。運転手はラジオではなく、小さな音量でずっとジャズのCDをかけていて、まだ渋谷で起きた大惨事について知らなかった。

「大至急、五反田まで頼む」

世田は、警察手帳を見せながら指示をした。運転手は肩をすくめただけで、素直にその指示に従った。代官山から山手通りに出る道は特に混んではおらず、二人は、ハチ公前の事件からちょうど一時間後には、来栖公太が教えてくれた五反田のウィークリーマンション前に到着した。

世田は一基しかないエレベーターで七階へ。

泉は念のため、非常階段で七階へ。

そして、七〇三号室の部屋の前で、二人は再合流した。

二人とも、誰ともすれ違わなかった。

まだいるだろうか。来栖公太の供述が正しいなら、ここに、ヤマグチアイコという女がいるはずだ。来栖と同じ腕時計を着け、爆殺の恐怖に怯えるヤマグチアイコが。

泉がすっとインターフォンのボタンに手を伸ばした。

「慎重にな……」

世田は彼にそう言いかけて、やめた。いつの間にか、泉の横顔はたくましい警察官の顔になっている気がした。恐怖を知り、しかし、それでも犯罪者を追うことをやめない警察官の顔に。

ピンポン。

押した。

返事がない。

ピンポン。

押した。

やはり、返事がない。

「シーツの交換に来ました」

泉が、若く張りのある声で言った。ドアの向こうからはやはり返事はなかった。人がいる気配も感じない。

泉がそっとドアノブを触ってみる。

「世田さん」

「なんだ」

「鍵、かかってないみたいです」

「何？」

「ドアノブ、普通に回ります」

これはどういう意味なんだ。中にいたはずのヤマグチアイコは、鍵もかけずにどこかへ出かけたのか？　それとも、まだ部屋の奥にいて、必死に気配を殺しているのか？

でも、部屋にいるならなぜ鍵をかけないのだ?

「中、入りましょう」

泉が言う。

世田はうなずき、念のため、携帯していた銃を取り出した。泉も同じように銃を手にし、ドアの正面に立つと、空いている方の手で、そっとドアを開いた。


次の瞬間、轟音とともに、ドアそのものが吹き飛んだ。


世田の顔面すれすれを、ドア板がかすめた。あと五センチ前に立っていたら、世田の鼻は真横から抉(えぐ)り取られただろうし、十センチ前にいたら首から上が全てなくなっていたかもしれない。そのドア板は、ドア正面にいた泉の体を、廊下反対側の壁に叩きつけた。

泉の悲鳴は聞こえなかった。

人間の持つ反射神経などまったく及ばない出来事だった。

ドア板は、三秒ほど、廊下反対側の壁に貼り付いていたが、やがてゆっくりと離れ、パタリと廊下に倒れた。その倒れる時も、それは世田の顔すれすれを通った。

ドア板の向こう側で、泉は潰された蚊のように壁にへばり付いていた。世田はそれをしばらく声もなく見ていた。顔の真ん中から血が噴き出している。死んだ？　俺の相棒が死んだ？　その悪い予感に世田は慄然(りつぜん)とした。が、しばらくすると、

「う」

と泉が小さく呻いた。

死んでいない！　泉は死んではいなかった。

「泉！」

世田は叫びながら泉に駆け寄った。そして、彼の体の状態を可能な限り詳しく目視した。流血の原因は鼻血だった。鼻骨が折れているように見えた。左手の手首のあたりが少し変な方向に曲がっている。これも骨折しているかもしれない。しかし、それ以外に命に関わる傷はないように見えた。後頭部をしたたか壁に打ったはずだが、そこからの出血はないし、陥没骨折などの重篤な事態は起きていないようだった。火災報知器のサイレンの音が鳴り始めた。爆発時に発生した煙か埃に報知器のセンサーが反応してくれたようだ。ありがたい。これで、誰かしら応援は来る。一刻も早く泉を病院に運び、脳に内出血などが起きていないか調べることが必要だと世田は思った。

「泉！」

世田はもう一度、彼の名前を呼んだ。泉は、うっすらと目を開けると、

「世田さん……生きてますか？」

とまずは無傷の世田を気遣う言葉を口にした。

「悪いな。俺だけピンピンしてて」

「よかった……で、犯人は？」

「犯人？」

　爆発の瞬間から、しばらく警察官としての思考が停止していた。そうだ。大切なのは、犯人を追うことだ。捕まえることだ。もしかしたら、この部屋の中に潜んでいる可能性だってゼロではないのだ。

「泉。おまえ、ここでじっとしてろよ」

　世田はそう言うと、銃を改めて握り直し、もう片方の手で、ポケットからしわくちゃになったハンカチを出して、それを口に当てた。部屋の中では、もうもうとまだ煙なのか埃なのかが舞い上がっていて、非常に空気が悪そうに見えた。

　土足のまま玄関を上がり、そのままリビングに入る。テレビ、ソファー、テーブル……。ウィークリーマンションらしい、無個性でシンプルな家具が必要最低限だけ置かれている。

　世田は、そこのテーブルの上に、Ａ４サイズのノートが置かれているのを見た。

　世田は、ハンカチをポケットに戻し、その空いた手でノートを取り、最初のページを開いてみた。

記録として、今日、私の身に起きた出来事を記します。

今日とは、二〇一六年の十二月二十二日のことです。木曜日です。

今日も私は、いつもと変わらない朝を迎えました。いつもと同じ午前七時三十分に起き、リビングのカーテンを開けて陽の光を部屋に入れ、洗面所で顔を洗い歯を磨きました。それからキッチンでホットコーヒーとトーストを用意し、テレビの情報番組を眺めながら朝食を摂りました。

「もうすぐクリスマスですね。大事な人へのプレゼント、きちんと考えてますか?」

そんなことをアナウンサーが言うので、

(そうだ、今日は夫のためにクリスマスプレゼントを買いに行こう)

と思い立ちました。

それが、最初の間違いでした。


丁寧な文字が、まだまだびっしりと書き連ねられていた。

ヤマグチアイコが書き残したノートのようだった。

部屋の中に、人の気配はなかった。ヤマグチアイコもいないし、彼女を脅している犯人もいなかった。あのドアの爆弾は誰がいつ取り付けたのだろう。世田は幾つかの仮説を考え、そしてすぐにそれをやめた。今は、仮説をこねくり回すより先にすべきことがある。泉を病院に連れていくこと。捜査本部に報告を入れること。そして、このノートを熟読することだ。独断でこのウィークリーマンションに捜査に来たことに対しては何らかのペナルティがあるだろうが、それも今は考えないことにした。

世田は、彼女のノートとともに七〇三号室を出た。

5

須永基樹の行動を客観的に観察している人間がいたなら、彼に対して非常に奇異な印象を持ったことだろう。

彼は十八時少し前に渋谷駅のハチ公前広場に現れ、可能な限りハチ公を中心に半径七十メートルの円を描くように、三十分かけてそこを五周、回遊魚のように回り続けていた。そして、十八時三十分ちょうどに爆発が起きると、そのままハチ公前広場をゆっくりと横切り、山手線の下を潜って明治通りに出た。そして、救急車、消防車、パトカーなど、ひっきりなしに通る緊急車両を横目で見ながら、恵比寿にある自分のオフィスへと可能な限りの早足で歩いた。タクシーは使わなかった。

徒歩三十五分で、彼は自分のオフィスに到着した。その時間、オフィスは無人だった。彼は内側からドアをロックし、チェーンもかけると、上着を脱ぎ、ちょうどその胸のあたりに仕込んでいた小型カメラのユニットを取り外した。小指の先ほどの体積しかないそのカメラにマイクロＵＳＢタイプのシールドをつなぎ、もう片方をスリープ状態だった自分のパソコンのＵＳＢポートにつなぐ。画面が一秒で立ち上がり、彼が渋谷で撮影してきた動画の自動再生がフルハイビジョンの解像度で、画面いっぱいを使って始まった。

須永は、その動画を、文字通り食い入るように観た。

画面には、死の運命に捕らえられた人々が、そうとは知らず油断しきった顔を見せている。ただただ同じところをぐるぐると歩いているだけの退屈な動画。唐突に起きる大爆発。突然現れる、ミルフィーユのように重なった人間の束。地面に転がる腕。あるいは足。須永は意識して、カメラのレンズを大惨事の外側に向けた。爆発地点からある程度の距離があったおかげで、命を捨てずに済んだ人たちの顔をカメラは追っている。驚愕、驚愕、驚愕、ほとんどの人が、驚愕でその表情が固まっている。まるで時間が止まったかのように。そして数秒後、今度は悲鳴と怒号の大合唱になる。闇雲に逃げ出す者。その場で泣き喚く者。須永は、自分も移動しながらそれら周囲の人たちを撮り続け、明治通りを移動して並木橋を越えたところで、その動画は終わった。

須永は素早くポインタを動かし、その動画をまた最初から再生し始めた。

今度は、何度もポーズボタンを押し、細部まで確認しながら観た。死の運命に捕らえられた人々。その油断しきった顔。同じところをぐるぐると回る。唐突に起きる大爆発。突然現れる人々の死体。そして、流血したまま必死に助けを求める人。野次馬たちの驚愕。そして、悲鳴と怒号。動く。走る。逃げる。泣き喚く。混乱の明治通り。次々に来る緊急車両。離れていく。離れていく。離れていく。そして動画は終わる。一時停止を繰り返しながら観ていたせいで、観終わるのに先ほどの倍の時間がかかった。

須永はまた素早くポインタを動かし、その動画をまた最初へと戻した。デスクの引き出しから目薬を取り出し、それを乾いた目にさした。

再生ボタンをクリックする。

動画が始まる。

通行人。キャッチ。待ち合わせをしている人。警察関係者。明らかな野次馬。それぞれの人生。それぞれの運命。同じところをぐるぐると回る。唐突に起きる大爆発。断ち切られる命。かろうじて最悪の事態を避けられた命。混乱。混乱。混乱。周囲の人間に押されたりぶつかられたりするたびに、須永のカメラの映像は大きくぶれた。動く。走る。逃げる。泣き喚く。明治通り。緊急車両。その緊急車両に向かって何か叫んでいる通行人たち。そして動画は終わる。

須永は両肘をデスクについたまま手のひらを合わせ、それぞれの親指を直角に開いた。

そして、自分の顎を親指の上に、鼻の先を人差し指の第一関節の横につけた。

その体勢で、須永は自分を落ち着かせるために、大きく一つ深呼吸をした。

自分の今していることの意味は何なのだろう。そんなことを考える。

生まれて初めて、テロというものの現場を観た。人が殺され、命を奪われる瞬間を観た。にもかかわらず、自分はそのことには恐ろしいほど冷静だ。今、自分が心配しているのは、全然違うことだ。それは、今日、世の中で行われた残虐な犯罪とは比ぶべくもない、実に個人的で取るに足らない瑣末（さまつ）なことだ。いや、瑣末ではない。世の中にとっては意味がなくても、自分には重大なことなのだ。


もう一度、観てみよう。見落としている可能性は、ゼロではない。

須永はまたポインタを動かし、動画を最初から再生し始めようとした。

その時、ポケットの中で、彼のスマホが電話の着信を告げ始めた。

取り出し、画面を観る。

「高梨真奈美」

とそこには表示されていた。

6

代々木第一病院。それが、印南綾乃と高梨真奈美が搬送された病院の名前だった。

事件発生から、どれほどの時間が経っただろうか。高梨真奈美は、本来は順番待ちの人が座る待合コーナーの長いベンチの上で、ミイラのコスプレのように肩から手のひらまで包帯をぐるぐると巻かれた自分の両手を眺めていた。ついさっきまで、この手は真っ赤だった。それが看護師の手によって拭き取られ、消毒をされ、鎮痛剤を打たれ、今はこうして包帯に守られている。無数の切り傷と擦り傷。だが、あの赤はそうした傷から出た自分の血ではない。あの赤の大半は、綾乃の血だった。倒れた綾乃。彼女を抱き起こした真奈美。手に伝わる綾乃の血の生温かさ。顔が、一瞬判別できなかった。血があまりに多くて。

回想から逃げるように顔を上げる。

辺りを見渡す。ここは、病院だ。病室が超満員なので、比較的軽傷の人間は、こうして廊下や待合コーナーのベンチに座らされている。紺色の、クッションの硬いベンチ。どうやってこの病院に来たのか、きちんとは思い出せなかった。記憶がプツプツと飛んでいる。私たちは渋谷にいた。私は写真を撮ろうと思っていた。次の瞬間、地面に押し倒され……

「ああ……」

小さく、声が出た。

「ああ……ああ……」

なぜ、「ああ」と言っているのかよくわからない。でも、声が出る。もう一度、真奈美は辺りを見る。吹き抜けの待合コーナーには、長いベンチが横に三つ、縦に十列ほど並んでいて、そこに百人以上の怪我人が座っている。頭に包帯を巻いている人。手に包帯を巻いている人。携帯を片手に泣きじゃくっている人。痛みに呻いている人。おそらく全員が、あの渋谷駅前の事件の被害者だ。確かに真奈美は軽傷の部類なのだと思う。それはなぜか。理由なんかない。ただの運。運だ。あの時、自分の前にちょっと背の高い男性がいた気がする。そいつのせいで写真が撮りにくいな、もっと前に行かなきゃだな、と思ったことを覚えている。その男性は今頃どうなっているのだろう。

一体、何が起きたんだろう。

いや、起きたことは頭ではわかっている。爆弾が爆発したのだ。ハチ公前に爆弾を仕掛けましたよと予告があり、時間も十八時半ですよと教えられ、それなのにノコノコと私たちはそこへ行き、そして今、こうして病院にいる。なんて、変な話なんだ。なんて、わけのわからない話なんだ。なんで、日本のど真ん中で、爆弾なんかが爆発するんだ。

そして、そんな渋谷に行くことになったのは、自分が綾乃にレストランのクーポン券をあげると言い出したからだ。だって私は、綾乃のことが好きだったし、彼女の新しい恋を応援したいと思っていたのだ。綾乃。そう綾乃。綾乃は今、どういう状態なんだろう。病院に入る前に、二人は別々にされた。私は軽傷。でも、彼女は違う。彼女を見た瞬間に、救命救急の人が何か怒鳴り始めたのを覚えている。専門用語ばかりでさっぱり意味はわからなかった。ただ、綾乃の身に、とにかく重大な事態が起きていることだけはひしひしと感じた。綾乃。同じ病院のどこかにいるはずだ。綾乃。

「大丈夫ですか？」

唐突に声をかけられた。

「え？」

真奈美は顔をあげる。

「大丈夫ですか？」

そう尋ねてくれたのは、先ほど彼女に包帯を巻いてくれたこの病院の看護師だ。

「えっと……」

答えに困っていると、

「痛みはないですか？」

と続けて訊かれた。

「ええ。ないです。ないと思います」

「よかった。ただ、鎮痛剤が切れてくるとじわじわ痛みが戻ってくると思うので、その時は痛み止めのお薬を飲んでくださいね。お薬は、この袋の中に入ってますからね」

そう言いながら、看護師は真奈美の膝の上に薬の入った小さな紙袋を置いた。それを真奈美は、無言で受け取った。

「高梨さん、大丈夫ですか？」

「……」

「大丈夫ですか？」

「……はい。多分、大丈夫です。あ、保険証ですか？　ちょっと待ってください」

真奈美は、バッグを探した。保険証なら、いつもクレジットカードと一緒に財布の中に入れてある。が、財布を入れたバッグを、今は彼女は持っていなかった。どうやらあの現場に置いてきてしまったらしい。彼女が持っているのは、写真を撮ろうと手にしていた自分の携帯電話だけだった。

「あ、お金とか保険証とかは、今日はいいんですよ。こんな時ですからね。なので、病院としては、今日はもうお帰りいただいても大丈夫です。ただ、警察の方が、皆さんから順番にお話を聴きたいとのことなので、帰る前には警察の方にも一声かけていただけますか？」

そう言って立ち去ろうとする看護師に、真奈美は一つだけ、質問をした。

「私の連れは、どんな感じですか？」

「そうですか。今、身分証明書みたいなものはお持ちですか?」

「いえ、まだ何も」

と訊いてきた。

「捜査員から事情聴取はされましたか?」

その警察官は真奈美の様子をささっと観察し、

「病院の人からは帰っていいと言われたんですが……」

ような雰囲気で、彼らは立っていた。真奈美は、そのうちの一人に近づいた。

姿の警察官が複数立っていた。テロリストの襲撃を警戒して病院を警護している兵士の

た足取りで、真奈美は病院一階の玄関口にまで移動してみた。そこには、案の定、制服

察関係者が近くにいないか見回したが、それらしい人はいない。それで、ふわふわとし

真奈美は立ち上がった。帰っていいと言われて、なぜか動揺している自分がいた。警

と言って、そのまま去った。

あるいは警察の方に訊かれた方がいいかと思います。ごめんなさい」

の方のことをお調べするのは難しそうです。明日にでもまたお問い合わせいただくか、

「その方のことは私にはわかりません。今、人手がまったく足りていないので、私もそ

看護師は、悲しげに眉をひそめた。そして、

「印南綾乃と言います。すぐに手術をするって聞いたのですが」

「はい?」

「何も持っていないです。携帯しかないんです」

「では、お名前とその携帯の電話番号を教えてください。事情聴取の量も膨大で、ここで待っていても何時間かかるかわかりませんので、後日こちらからご連絡を差し上げることになるかと思います」

「でも私、何にも見てませんよ」

「わかりました。とにかく、お名前とご連絡先の電話番号を教えてください」

真奈美は素直に教えた。教えながら、(もしこの病院にテロリストがいても、こんな捜査なら、嘘をつくだけで簡単に外に出られるんだな)などと思ったが、それは口に出さなかった。もっと大切な話題が彼女にはあったからだ。

「私の連れが、今どうしているのか調べていただくことはできますか?」

「はい?」

「印南綾乃と言います。すぐに手術をするって聞いたのですが……病院の方は今人手が足りなくて調べられない、警察の方に訊いた方がわかるかもって言われたんです」

「や……それは難しいですね」

制服姿の若い警察官は申し訳なさそうに言った。

「今は、ちょっと中がかなり混乱してましてて……でも、ここにメモはしておきますので」

そう言って彼は、持っていたバインダーをもう一度取り出し、真奈美の名前のメモの横に、「ご友人。印南綾乃さん。手術」と書き加えた。そのメモを取ることに何の意味があるかわからなかったが、真奈美はそれ以上は粘らなかった。

「では、お大事に」

そんな言葉とともに、真奈美は病院の外に出された。


病院の外には、マスコミ関係と思われるバンが何台も停まっていて、カメラを肩に担いだり、マイクブームを手にした男たちが何人もウロウロしていた。彼らは真奈美が出てくると、取材したそうにささっと寄ってきたが、真奈美は顔を背け、包帯の手で必死に拒否のジェスチャーをした。そのまま表通りまで出て、歩道を歩きながら、そういえば自分がまったくの無一文であることに気がついた。

手元にあるのは携帯電話だけ。誰かにＳＯＳを発信して迎えに来てもらわなければ。真奈美の実家は地方で、東京では一人暮らしだった。付き合っている男はいるが、彼は妻帯者で、こんな深夜に真奈美のために車で駆けつけてくれるとは思えなかった。そもそも、この時間だと彼は電話に出てもくれないだろう。

そろそろ、不倫はやめよう。

そんなことを思った。

次に真奈美が思いついたのは、会社に連絡するというアイデアだった。特に、綾乃の上司の戸田は、私たちが渋谷に食事に行くと言っていたのを知っているから、渋谷の爆弾テロのニュースを聞いて心配してくれているのではないかと思った。でも、よく考えたら、部署が違うので真奈美は戸田の携帯番号までは知らなかったし、会社の外線にかけたところで、こんな時間に誰かが会社にいるとは思えなかった。

今頃になって、涙が出てきた。

どうして、渋谷になんか行ったのか。どうして、よりによって、犯行予告の時間ドンピシャのタイミングで、私たちはあそこをウロウロしていたのか。

そして、真奈美は、その原因を思い出した。

須永基樹だ。

もともとは、私は綾乃に須永とうまくいってほしかったのだ。だから、彼女のデートの後押しをしたのだ。なのに、須永は断った。仕事で？　接待で？　とにかく、彼は渋谷とは全然別の場所にいるはずだったのだ。なのに、なぜかあの男は渋谷にいた。あの男は綾乃に嘘をついた。だから私は「ちょっと後をつけてみようよ」と言い出したのだ。あの男の正体を知りたかったからだ。もし、複数の女と平気で付き合えるようなタイプなら、綾乃の恋の相手にはふさわしくない。そうだ。須永基樹だ。私と綾乃がこんなことになったのは、須永基樹のせいだ。

気がつくと、真奈美は携帯を操作して、ＬＩＮＥの画面を呼び出していた。

合コンの時に、グループＬＩＮＥを作って、皆でＩＤ交換をした。なので、真奈美は須永のIDを知っていた。メッセージを打つのではなく、無料通話のアイコンをタップして電話をかけた。

呼び出し音五コールで、相手が電話に出た。

「須永さん？」

「そうですけど。高梨さんって誰でしたっけ？」

「この前の合コンで幹事をしていた高梨です。あの、印南綾乃の同僚って言えば思い出してもらえます？」

「ああ、あの時の」

淡々とした話し方だった。私の名前を覚えていなかったことを、申し訳ないとは思っていないらしい。もちろん、真奈美も期待はしていなかった。それで、すぐに本題に入った。

「今、綾乃は、手術中なんです」

「……」

しばらく、相手の言葉を待ったが、何も返ってこない。それで改めて、

「今日のハチ公前の爆発で大怪我をしたんです。それで、今も手術中なんです……多分」

言いながら、真奈美はその場にしゃがみこんだ。

「そうなんだ。容態は？」

須永の話し方は抑揚に乏しくて、どんな気持ちで言っているのか、真奈美にはさっぱり想像ができなかった。

「容態とかわかりません。病院も警察もバタバタで、誰もちゃんとした情報を教えてくれないんです」

「そうなんだ」

「そうなんです」

「……そか」

「そうなんです！　ところで、須永さん。今日どうして渋谷にいたの？」

「え？」

初めて感情の見えるリアクションが来た。

「見かけたの？」

「はい、見かけました」

「そか……」

「確か、東京駅の近くで、お仕事の会食があるとかないとか、そんなこと言って綾乃の誘いを断った人が、どうしてその会食の時間に渋谷を一人でウロウロしてたんですか？」

「……」

「ま、別に須永さんのプライベートは私の知ったこっちゃないからいいんですけど……でも、今からこっちに来られませんか？」

「え？」

「代々木第一病院ってとこです。須永さんのお家からそんなに遠くないでしょ？　今すぐ来られませんか？　綾乃、一人だと絶対に心細いと思うんです」

一気にそうまくし立てた。が、須永は、

「行ってあげたいけど、今夜は仕事があって、オフィスで徹夜なんだ。ごめん」

そう言って、通話はプツリと切られた。なんて冷たい男なんだ。

真奈美は立ち上がった。とにかく一度、自分のマンションに帰ろう。朝、会社にいろいろと報告の電話を入れ、そして綾乃の見舞いに改めてここに来よう。そう決めて、タクシーを止めた。

「高円寺まで」

そう運転手に告げた瞬間、真奈美はハッとした。鍵がない。タクシー代は、携帯にインストールされている「おサイフケータイ・アプリ」で支払えるが、マンションの鍵はそうはいかない。管理人は夕方の五時に帰り、翌日の九時まで来ない。合鍵を預けている友達はいない。不倫相手は真奈美の部屋の合鍵を欲しそうだったが、自分の方だけあげるのは不公平だと思ったので渡さなかった。二十四時間営業の鍵の業者を探して、ピッキングで開けてもらうか。しかし、今、現金がない。カードもない。それらは全て、バッグと一緒に渋谷の混乱の中に消えた。すぐには支払いができないと言ったら鍵屋は来てはくれないだろう。

どうすればいいんだろう。

これから、私はどうすればいいんだろう。

7

「今、エントランスの自動ドアを開けるから、そしたら一四〇二号室まで上がってきて」

真奈美の予想に反して、須永はあっさりと彼女の突撃を受け入れてくれた。

二秒後に、ドアが開く。真奈美は直進してエレベーターホールまで行き、言われた通り十四階のボタンを押す。エレベーターは速く、そして静かだった。あっという間に目的階に着く。一四〇二号室のドアを探しインターフォンを押すと、すぐにドアが開いた。

「びっくりしたよ。どうしたの？」

須永は、上下グレーのスウェット姿で玄関に立っていた。

「お金、貸してください」

真奈美は、ぶっきらぼうな口調でそう切り出した。

「タクシー代は、携帯のおサイフ・アプリでなんとかなるけど、現金は一円もないし、マンションの鍵もないの。全部ハンドバッグに入れてたんだけど、爆発の後しばらく記憶がなくて、覚えてるのは救急車に乗せられる直前からで、その時は多分もうバッグはなくて、それですごく困ってるの。マンションの管理人は夕方の五時に帰っちゃって朝まで来ないし、合鍵を預けてる友達はいないし、彼氏は不倫なんで泊めてくれとか言えないし、お金借りたくても夜の電話は出てくれないの。雰囲気でバレるからって」

須永は少し顔をしかめると、

「お金貸すのはいいけど、なんでそんなに喧嘩腰に言うの？」

と言った。

「別に、俺があの爆発を起こしたわけじゃないよ」

「……」

それは、確かにそうだ。須永の嘘とか、電話での須永の態度がそっけなかったことというか、それでなんとなく須永に八つ当たりをしたくなっているのは認める。真奈美は、誰かに当たり散らしたいのだ。だって、今日、彼女と綾乃の身に起こったことは、とにかく理不尽極まりないことだからだ。それで、真奈美は謝りもせず、ただ黙った。

「ま、いいや。とにかく、一度中に入りなよ」

そう、須永は言った。

「え、いいの？」

「いいよ。もちろん」

それで真奈美は、須永の後について、彼の会社のオフィスへと入って行った。広々としたオフィス。デスクは真っ白でパソコン以外ものをなにも置いてない。代わりに、部屋の奥にはビリヤード台がある。あと、オープンキッチンにはかなり高価なはずのエスプレッソメーカーもある。もし、ここに来たタイミングが今でなければ、黄色い声を出してはしゃいだことだろう。

「手、痛そうだね」

須永が言う。

「今は平気。痛み止めの注射をしてもらってるから」

「そうなんだ。ま、適当に座ってよ」

「うん」

真奈美は、社員の誰かの椅子に座る。須永は、いったん席を外すと、円筒形のウェットティッシュボックスを手に戻ってきた。

「はい、これ」

手渡される。

「?」

「顔、煤(すす)と土埃で結構黒くなってるよ」

「あ。マジで?」

そういえば、鏡というものをまったく見ていなかった。ウェットティッシュでゴシゴシと顔を拭く。真っ白のそれは、あっという間にファンデーションの油と煤で黒く汚れた。

「何か飲む？」

須永は、立ったままそう訊いてきた。

「うん」

「何がいい？　コーヒーとか？」

「わからない。でも、何か飲みたい」

「……」

須永はオープンキッチンに向かうと、水の入った大きめのペットボトルのような容器に、金属でできた大きな台形の蓋のようなものをセットした。そして、スキューバダイビングのエアタンクのミニチュアのようなものを出してきて、その台形の蓋の中に入れた。

それを回す。

バシュッという音とともに、容器の中が一瞬、沸騰したようになる。それが収まると容器を外す。そして、グラスにそれを注ぐと、須永はそのグラスを真奈美の前まで持ってきてくれた。

「ただの炭酸水だけど」

「……ありがとう」

真奈美はグラスを手に取ると、その炭酸水を一気に飲み干した。炭酸が強過ぎず、弱過ぎず、とても美味しかった。

「もう一杯もらっていい？」

「ああ、どうぞ」

須永は、今度はその容器を丸ごと真奈美の前に持ってきた。真奈美は、自分でグラスにお代わりを注ぐと、すぐにまたそれを飲み干した。

「で、いくらくらい要る？」

須永が訊く。

「一万円あれば大丈夫。鍵のレスキューの出張費が払えれば、あとは何とかなると思う」

「そか。でも、鍵のレスキューって、この時間ですぐに来てくれるもの？」

時間は、もう深夜の一時である。

「知らない。使ったこと、今までないし」

「そか」

ふと、彼が「泊まっていけば？」と言ってくれればいいのに、と思った。「朝になれば管理人が出勤してくるんだろ？　俺は朝まであっちで仕事してるから、君はここで仮眠していけば？」そう言ってほしいと思った。真奈美は、とにかく疲れていた。体の芯から疲れていた。このオフィスの椅子に座った瞬間に、もうどこにも動きたくないと心から思っていた。それに、ひとりも嫌だった。あんなことがあった直後に、暗い部屋にひとりで帰りたくはなかった。しかし、須永は、また別室に行くと、一万円札を数枚、むき出しにして持ってきた。そして、

「これで、ビジネスホテルかなんかに泊まった方が楽だと思うよ。別にこれ、返してくれなくて大丈夫だから」

と言った。

「お金は借りたいけど、もらう理由はないから」

そう真奈美は言った。

「んー。ま、それはどっちでもいいけど」

そう須永は言った。こいつ、微妙に残念な男だなと真奈美は思った。優しくないわけではないが、微妙に期待に応えてくれない男だった。

一万円札は五枚あった。そこから一枚だけ借りて、真奈美は立ち上がった。

「そういえば、須永さんは全然無事なんだね」

「え？」

「だって、同じ時間に同じ渋谷にいたのに」

「それはほら、一応、距離は取ってたから」

「距離？」

「ハチ公から、半径七十メートル以内には入らないようにしてた」

「七十メートル？　何それ」

「爆発の殺傷圏だよ。みんな、怖いもの知らずでどんどん前に行くのが、俺には本当に不思議だった」

「……」

　返す言葉がなかった。今となれば、なんであの犯行予告を「イタズラ」と決めつけたのか、自分で自分を殴りつけたい思いだった。綾乃は、今、どうしているだろう。全治、どのくらいの怪我なのだろう。傷は残るだろうか。残るとしたら、どこにどれくらいの大きさで残るのだろう。それらは全部、自分のせいなのだ。須永の後をつけようと言ったり、機動隊の写真を撮りたいなどと言って、危険とわかっている場所でずっと綾乃をウロウロさせたのは私なのだ。

「じゃ、俺、悪いけど、仕事に戻るね。急ぎなんだ。ドアの鍵は気にしなくていいから、そのまま出てってくれて大丈夫。エントランスも、中から外は普通に出られるから」

　そう言って、須永は奥の部屋に去っていこうとしていた。

「うん。ありがとう」

　そう、初めて感謝の言葉を口にした時だった。真奈美はある違和感に気づいた。

「須永さん。七十メートルって、何？」

「え？」

　須永は、ドアを少し開けたまま振り向いた。

「なんで、七十メートルって知ってたの？　その、爆弾のなんとか圏内」

「……」

須永の表情が、微かに強張った。それを見て、真奈美の中にさっと緊張が走った。

「すごく具体的だから、ちょっとびっくりしちゃって。七十メートル」

真奈美はもう一度言った。

「や……テレビで言ってたよ？」

そう須永は言った。

「あれ？　須永さん、テレビは観ないんじゃないの？　綾乃はそう言ってたけど。須永さんて変わってる。家にテレビないんだよって」

「……」

須永は、しばらく黙った。そして、

「ネットだったかな」

とぼそりと言った。

「ネット？　どのネット？　Ｔｗｉｔｔｅｒとか？」

「さあ、覚えてないけど」

「私、渋谷に行く途中、一通りネットは検索してた。Ｆａｃｅｂｏｏｋも、Ｔｗｉｔｔｅｒも、あとＹａｈｏｏ！の掲示板とかも。でも、渋谷の爆弾のなんとか圏内は七十メートルらしいよなんて情報、一回も見てない」

「そんなすごい情報、あるならあっという間にバズるに決まってる」

「……」

「どうしてそんなこと知ってたのか、教えて！」

「……」

「……」

「……」

　バタン。強めの音を立てて、須永はそのままドアを閉めた。奥の部屋に入るのはやめたようだ。そして、真奈美の方に向き直ると、ぶっきらぼうな口調で言った。それは、ちょうどこの部屋を訪ねた直後の真奈美の口調によく似ていた。

「怪我をした君たちのことを気の毒だとは思うけど、俺は今、急ぎの仕事を抱えてるんだ。込み入った話はしたくないし、してる時間もない。それに、夜中に突然彼女でもない女性に押しかけられて、詰問されて、それでも機嫌を悪くしないほど、俺は人間ができていない」

「でも！」

　抗議しようとする真奈美のことを、須永は右手を挙げて制した。

「俺は、イライラした時は、オールドファッションのドーナツを一つ食べることにしている。糖分は血糖値を急上昇させて血管にダメージを与えるけれど、一時的にメンタルを整える効果はあるからね。だから、俺は今からコンビニに行く」

「そ。じゃあ、ぜひそのドーナツは食べてよ。私、その間、待ってるから」

真奈美はそう言い返し、改めて空いている椅子に座り直した。

須永は、真奈美を睨みつけるように見ていたが、やがて、

「じゃ、好きにしなよ。こんな時間だし、朝まで泊まっていってもいいよ」

と言い、そのまま玄関から外へと出て行った。


真奈美は、深夜のオフィスに、ひとり、残ることになった。心臓の鼓動を感じる。真奈美は緊張していた。何か、重大な事実のすぐ近くに自分がいるような気がする。七十メートル。なんだ、その数字は。テレビでは絶対に出ていない数字。ネットにも全然流れていない数字。では、須永はどこからその情報を手に入れていたのだろう。それほど殺傷能力がある爆弾と知っていて、なぜ彼は危険を冒して渋谷にいたのだろう。七十メートル。七十メートル。彼に、その数字を教えたのは、一体誰だろう。

それともまさか、彼はもともと、知っていた？


知っていた？

知っていた？

知っていた？

いや、そんなまさか……それだと、そもそも彼が犯人だということになってしまう。

七十メートル。

そんな、まさか。

でも。

その時、オフィスの隅に食器棚があることに、真奈美は気がついた。立ち上がり、近づき、そっと扉を開ける。ティーカップやマグカップに混じって、小さな紙箱が置いてある。それを取り出して中を見た。オールドファッションのドーナツがぎっしりと入っていた。

真奈美は、弾かれたように走り出した。玄関に走り、外の廊下に飛び出す。エレベーターの前まで走り、「▼」ボタンを連打する。

(あの男、逃げる気だ)

そうでなければ、なぜ、このタイミングで一人で外に出て行くのだ！

エレベーターが来る。一階のボタンを押し、次に「▶◀」ボタンを連打する。するするとエレベーターは降りる。一階へ着くなり、また真奈美は走る。エントランス。更に外へ。通りの左手の方にセブン－イレブンの看板が見えるが、彼が今、そこに行っているとは思えなかった。

「須永さん！」

　真奈美は叫んだ。

「須永さん‼」

　その時だった。マンションの地下駐車場の出入口から、猛スピードで、一台の車が飛び出してきた。ハイビームのライトが、真奈美の顔を真正面から照らす。


（まさか、私を轢くつもりなのか……）

　真奈美の体が、恐怖ですくんだ。

　車は、まっすぐ、真奈美に向かって進んできた。

臨時ニュースをお伝えします。

たった今、インターネットに、恵比寿、渋谷爆弾テロの犯人が、新たな声明を発表いたしました。繰り返します。たった今、インターネットに、恵比寿、渋谷爆弾テロの犯人が、新たな声明を発表いたしました。以下、その全文です。

我々は、改めて、磯山首相とのテレビ対談の実現を要求します。
これを拒否するなら、明日、また新たな爆弾が爆発します。
十二月二十四日土曜日。時刻は十八時。
今や、この予告をただのイタズラだと思う人はいないでしょう。
次は、場所は教えません。
東京のどこか。それだけです。

第五章

1

「おまえ。これで多分、日本で一番爆弾に詳しい男になれたと思うぞ」

そう言いながら、ショーン・ベイリーはニヤニヤとした笑みを朝比奈仁に向けた。

「ふざけたことを言うな。そんなわけがないだろう」

仁は憮然とした顔で言い返した。

「俺は料理人だ。美味いものを食わせ、人の命を育むのが好きなんだ。爆弾なんてシロモノには、嫌悪感しか持てないね」

仁はそう吐き捨てるように言った。

「好きだろうが嫌いだろうが、詳しくなっちまったものは仕方ないじゃないか。言っておくが、日本の自衛隊や機動隊の連中は、俺たちから見ればジュニア・ハイスクールの生徒みたいなものだ。俺が手取り足取りコーチングしたおまえの方が、はるかに腕は上だよ」

そう言って、ショーンは楽しそうに、仁が作ったジャガイモのスープを飲んだ。

「ウマイ！　仁は本当に器用な男だよな」

十一月。街ではちらほらとクリスマスの宣伝が始まっていた。

「器用っていうのは、日本では褒め言葉じゃないんだぞ。どちらかと言うと、軽蔑の対象だ」

仁はそう抗議した。

「ホワイ？　どうして？」

ショーンは大きく両手を広げた。

「何でも上手にできるっていうのは素晴らしいことじゃないか。料理がうまくて、家事もマメで、スポーツも得意で、おまけに爆弾をいじらせたら日本一だ。すごいじゃないか」

「何にもすごくない」

仁は言った。

「正直、毎日爆弾のことばかり聞かされてると、ノイローゼになりそうだ」

これは本当だった。仁はもともと理系の勉強が苦手だった。特に、学生時代、電気関係のテストの成績はいつも赤点すれすれだった。

「仕方ないじゃないか。ロブがしつこく俺たちに言うんだ。深く理解するためには、人から教えてもらうんじゃダメだ。逆に、人に教えるんだ。その方が、上達のスピードがはるかに速いってね」

ロブというのは、ショーンの所属する隊の隊長の名前である。ショーンは、そのロブ・フォックスという上官を心から尊敬していた。最近では、その上官のロブにとってもキュートなガールフレンドができたという話を自分のことのように幸せそうに語っていた。で、そのロブというのが、アメリカ軍きっての爆発物のスペシャリストなので、ショーンもそれを目指して日々、爆弾の研究に余念がないのだった。

「今の店、経営状態が良くないんだ。もしかしたら、アルゼンチンみたいにあっさり破産してしまうかもしれない」

仁は話題を変えた。もう爆弾の話にはうんざりだったからだ。

「だったら、専業主夫でもいいいんじゃないか？」

そうショーンは答えた。

「そうしたら、毎日、心ゆくまで俺と爆弾の話ができるぞ」

また話が爆弾に戻ってしまった。

「バカなことを言うな。絶対に断る」

そう言いながら、仁はショーンの前に、ベリーで作ったソースをかけた仔羊肉のステーキを置いた。

「ウマイ！　仁は本当に器用な男だよ！　おかげで、俺の体脂肪率は仁と会ってから六パーセントも増えちまった！」

ショーンが更ににこにこと上機嫌に言った。

「自己管理の甘さを俺のせいにするなよな。それに、俺はきちんとカロリー計算をした上で、メニューは決めてるぞ」

そう仁が言った。ショーンは豪快に骨付き肉にかぶりつきながら、

「ところでさ。あの話、今度のクリスマスに実行しないか？」

そういきなり言ってきた。

（今度のクリスマス……）

唐突にその話題が出て、仁は少しだけ狼狽した。いつかは、うん、そういうことになるのだろう。ずっとそう思っていた。だが「じゃあ、来月に」といきなり言われると、やはり、何かしら心にブレーキがかかるのは否めなかった。時間とともに思い出す頻度は減っていたが、それでも完全に忘れたわけではない相手が、仁にはまだいる。少しだけだが、いる。

「俺は本気だよ、仁」

そうショーンは言った。

「だらだらと先延ばしにするのは、もうゴメンなんだ。中東のあたりが急速にきな臭くなってるだろ？　もたもたしてたら、やれるものもやれなくなるかもしれない」

いつの間にか、ショーンの顔から笑みが消え、真剣な目で仁を見つめていた。

「来月のクリスマス?」

仁が確認した。

「そう。来月のクリスマス」

そうきっぱりとショーンは言った。

「最高のクリスマスにしようじゃないか。俺たち流のやり方で」

2

「だから言ったのに。これは戦争なんだってちゃんと教えたのに」

あれからどれくらい寝ていたのだろうか。

耳元で囁く少年の声で、綾乃は目覚めた。

そこは、石でできた大きな橋で、綾乃はそのたもとで横になっていた。そして、彼女の隣には、あの少年が、両膝を抱えて座っていた。

「だから言ったのに。これは戦争なんだってちゃんと教えたのに」

少年は同じ言葉をもう一度言った。

「戦争のできる国になりたいんだろう? これが戦争だよ。これが二十一世紀の戦争だ」

そして、綾乃が何も答えられずにいるのを見ると、グイッとその顔を近づけ、綾乃の目を覗き込むようにして言った。

「まさか、私は関係ないとか思ってるんじゃないよね?」

「え?」

少年は、まだ、綺麗にラッピングされた紙箱を持っていた。彼の足元には大きめの麻袋が転がっていた。少年はその麻袋を拾い上げ、「クリスマスプレゼント」をそっとその中に入れた。

「想像力だよ。大切なのは、想像力だ」

「は?」

「綺麗な箱に入れたからといって、中身が変わるわけじゃない。それを更に袋に入れたからといって、それで中身が変わるわけじゃない。なのに、見えなくなったというだけで、みんな安心する。見えなくなったというだけで、袋に入っているものを想像できなくなる。袋の中にだって時間は流れていて、タイマーが爆発までの時を刻んでいて、いつかそれは必ずゼロになるんだということを想像できなくなる」

「……君、誰?」

綾乃は訊いた。少年はそれには答えない。

「僕は思う。世界は一つの麻袋で、その中にはたくさんの爆弾が入っている。振り回したり落としたりすれば、タイマーのスイッチは入る」

言いながら、少年はその麻袋を綾乃の目の前に置いた。

カチリ、と乾いた音がした。何かのスイッチが入ったのだと綾乃はすぐに理解をした。

「私は、何も悪いことなんかしてない……」

震える声で、綾乃はそう抗議した。

「うん」

少年はうなずいた。

「でも、それは僕も同じだよ。僕も、何も悪いことなんかしてない。でも、たくさんのひどい目に遭ってきた」

「……」

「人間は皆平等だと言うなら、みんなにも同じようにひどい目に遭ってほしいな」

そう言って少年は立ち上がった。どこかへ去ろうとしているのだとわかったので、

「待って!」と言いながら、綾乃も立ち上がろうとした。しかし、できなかった。いつの間にか麻袋は彼女の膝の上に移動していて、動かすとそれは即座に爆発することをなぜか彼女は感じとったからだった。

少年は、綾乃を見下ろすようにして言った。

「あんた、幸運だったね。今回は、あんた、目が潰れただけで済んだ」

「え？」

「死んでもおかしくない場所にいたのに、目だけで済んだ。おめでとう」

それきり、少年は砂風の向こうに消えた。

そして、それと入れ替わるように、聞き慣れない男性の声が空から降ってきた。

☆

「縫合する。これでこの子のオペは終わりだ」

代々木第一病院のＥＲの医師は言った。妻と一緒にミュージカルを観に行く予定をキャンセルして、この日の夜だけで七件のオペを彼はこなしていた。

渋谷の爆発から六時間が経っていた。

印南綾乃は一命を取り留めた。

3

来栖公太の事情聴取は、深夜に一度中断された。

「今日は長い一日だったでしょう。いったん、お休みください。この続きは後日改めて。なので、必ず連絡のつく形で、東京都内にいてくださいね」

そう公太は捜査員から言われた。優しい口調だった。それでも、内心ではまだ自分のことを疑っているのだろうなと、公太は思っていた。捜査員が表面的には優しい言葉を使えば使うほど、公太はそう猜疑心を持たずにはいられなかった。

渋谷署に、身元引受人として来ていたのは、なんと、『ニュース・ドクター』のプロデューサーである木田だった。いつもはバブリーなピンクのニットを首に巻いて、「これは俺のトレードマークだから」と公言していたのに、その夜は、銀行員かと見紛うような地味なグレーのスーツを着ていた。

「大変だったね……」

木田は、労うように公太の背中を軽くさすった。

「正面玄関はマスコミが山のようにいるんだ。でも、ここの署長とは昔から顔見知りでね。来栖くんがもみくちゃにされたりしないよう、裏口からこっそり出て行けるよう手配してもらったよ」

「そうですか。ありがとうございます」

とりあえず、公太は木田に頭を下げた。

「あの……ご迷惑をおかけしました」

「なにを言ってんだ。仲間だろ？　まさか、本当にテロが起こるなんて。たった二人で現場に向かわせてしまって申し訳なかった」

「あの……高沢さんは、無事、ですか？」

一番、気になっていたことを公太は訊いた。

「高沢？　もちろん！　最初の恵比寿の方は空砲だったからな。音だけ。あいつは小便ちびっただけで、怪我とかは全然ないよ。さ、行こう」

署の裏口から、警察車両の並ぶ駐車場に出て、そのうちの一台に乗り込んだ。普段は速度違反の取締りに使う覆面パトカーのようだった。裏口にも十人以上のマスコミ関係者が見えた。表玄関には一体何人集まっているのだろう。

門を開け、まず、ダミーとなる別の警察車両が出る。その後ろから、公太の乗る車両が出る。後部座席で、公太は木田の指示で、頭を低く下げた。まるで、犯罪者のようだなと公太は思った。

明治通りに出てしばらくしてから、ようやく普通の姿勢に戻ってよいと許可が出た。

「お忙しいのに、本当にすみません。木田さんにまで、アパートに送っていただくなんて」

背を起こしながら公太は言った。

「アパート？　ああ、君のアパート？　そこには行かないよ。だって、そこも今はマスコミでごった返してるぞ？」

「え？　そうなんですか？」

「当たり前じゃないか。来栖くん。君は今、日本で一番有名な若者なんだよ。一人じゃとても対応できないよ。なので、ちゃんとうちで一番安全な場所を用意しておいたから」

「え？　あ、そうなんですか？」

「腹も減ったろ？　弁当も用意してあるから」

「あ、ありがとうございます」

「だから、そんなに畏まるなよ。同じ番組を作ってきた仲間じゃないか」

そういえば、木田からは、今まで「バイト」としか呼ばれていなかった。「来栖」という自分の名前を木田が覚えているとは思わなかった。

「そういえば、携帯は持ってるかい？」

「すみません。犯人の指示で捨てました」

「そうか。なら、よかった」

「？　よかった？」

「そんなこともあるかと思って、用意してきたんだよ」

木田は、バッグから真新しい携帯を取り出し、それを公太の膝の上に置いた。

「番組の経費で契約してるやつだ。好きなだけ使っていいからな」

「え？」

「それからさ。高沢から聞いたんだけど、来栖くんも、うちの社員になりたいんだって?」

唐突にそんなことを訊かれ、公太は面食らった。

「あれ? 違うの?」

「いえ、違いません。ぜひ、社員になれたらと思ってます。はい」

慌てたせいで、少しだけ大きな声になってしまった。木田はポンっと公太の肩を叩いた。

「それもさ、俺から人事に頼んでやるよ」

「え? 本当ですか?」

「本当だとも。期待、してくれていいぞ」

そんなことを話しているうちに、車は、赤坂からほど近い、溜池山王のとある高級ホテルへと入った。『ニュース・ドクター』のスタッフルームまで、徒歩五分くらいだろう。そのホテルに着くまで、運転手をしてくれた刑事も、助手席の刑事も、一言も話さなかった。

「ここ、ですか?」

公太は、ホテルを見回しながら訊いた。外観はしょっちゅう見ていたが、中に入るのは初めてだ。

「ここだよ。たまにはこういうところもいいだろ?」

木田が微笑む。

「しばらく、ここに待機していてくれ。うちからか、警察からか、連絡があるまでは、外出は控えてほしい」

「わ、わかりました」

「じゃ、お疲れさん。俺は局に戻らなきゃいけないんで、ここで」

そう言って、木田は去ろうとしたが、ふと思い出したように立ち止まり、公太の方に振り返った。

「そうそう。一つだけ。その携帯、今日契約したばっかりだから、俺とうちのスタッフ以外から着信はないと思うけど、もし万が一、他のやつらに見つかったり、電話がかかってきたとしても、事件のことは一切話すなよ?」

「はい?」

「事件のこと、うち以外の人間には、何も話すなよ?」

そして、木田は人差し指を口に当て「しーっ」というジェスチャーをしてみせた。

「……はい。わかりました」

公太の素直な返事を聞くと、木田は満足げに微笑み、「OK。お疲れ」と言って去っていった。

刑事たちは、ホテルの従業員が部屋の説明を終えるまでは、一緒に付いてきた。部屋は、四十三階のダブルルーム。広さが二百平方メートルくらいある。キングサイズのベッドには、枕が五つも置いてあった。大きな窓からは、東京の夜景が一望できた。その前には、白いふかふかの三人掛けのソファー。重厚なガラステーブル。その上には、木田が「用意させておいた」と言っていた弁当が載っている。「松阪牛」の文字が見える。かなり高い弁当のようだ。刑事とホテルマンが去り、ようやく一人きりになった公太は、ベッドの脇にちょこんと座り、大きなため息を一つついた。食欲は湧かない。唐突に、銭湯に行きたいと思った。自宅アパートの近くにあるスーパー銭湯だ。値段が安い割にお湯が良くて、いつも辟易するくらいに混んでいる。あの銭湯の、あの黒く濁ったお湯に浸かりたい。そんなことを思った。でも、外出は禁止だと先ほど言われたばかりだ。無視すれば、社員にという話はなくなるかもしれない。おとなしくシャワーでも浴びよう。そう考え直した。シャツを脱ぐ。自分の右手首に視線がいく。数時間前まで、公太を支配していたデジタル時計がここにはまっていた。今、それはもうない。爆弾処理の専門家が鑑定した結果、それは爆弾でもなんでもなく、千円程度の本物のデジタル時計だったことが判明した。外しても、もちろん爆発なんてしない。遠隔操作のためのWi－Fi機能もない。盗聴のためのマイクもない。ただの安物のデジタル時計だった。公太は、ヤマグチアイコのことを思った。彼女はまだ、その事実を知らない。あのデジタル時計を爆弾と信じ込み、今も犯人から脅迫されるがままになっているはずだ。

犯人。

誰が、何のために、こんな残酷な犯罪を始めたのか。

次の爆破予告は明日。いや、もう今日か。

十二月二十四日の土曜日。クリスマスイブの十八時。この東京で、再び爆弾テロが起きる。とんだクリスマスプレゼントだ。次は、場所がわからない。東京のどこか。情報はそれしかない。

(どこなんだ……)

テロリストの思考をトレースしてみる。

どうせテロを起こすなら、効率よくたくさんの人間を殺せる場所を選ぶだろう。それか、ランドマーク的な場所で、日本という国の威信が地に落ちるような場所を選ぶのではないかと思う。

例えば、KXテレビの本社ビルだって、テロリストからしたら魅力的な目標になるだろう。あのビルが9・11のワールドトレードセンタービルのように壊滅したら……いや、それを言うなら、公太が今いるこのホテルだってそうだ。ここは、世界的に有名な高級ホテルチェーンで、ローリング・ストーンズやプリンスが日本にツアーに来た時には泊まったようなホテルだ。ここを爆破すれば、全世界注目のニュースになるだろう。そう思うと、いてもたってもいられなくなってきた。

(ここにいちゃダメだ……)

耳元で、誰かが公太に囁いた。近くに誰もいないのはわかっていたが、それでも公太の耳にはその声がはっきりと聞こえた。気がつくと、公太は部屋を飛び出していた。

ふかふかの感触のベージュの絨毯が敷かれた長い廊下。エレベーターホールまで百メートル近くある。そこを足早に歩き、ホールに着くなり、エレベーターの「▼」ボタンを連打する。すぐに到着のベルの音がして、三つあるエレベーターの、一番左のドアが開いた。

が、公太はそれに乗れなかった。

足が出ないのだ。

(こんな逃げ場のない場所に入って、もしそこに爆弾が仕掛けられていたら?)

そんなことを思った瞬間から、もう足が出ない。それで、公太は非常階段を探すことにした。緑の表示に従い、長い廊下をさらに反対側のドン突きまで走る。重い鉄のドアを押し開ける。その向こうには、蛍光灯の明かりに照らされた、無機質な階段が延々と上下に続いていた。人の気配はまったくない。

(こういう人目のないところだと、爆弾とか仕掛けるのは簡単だろうな)

そんなことをついまた考えてしまう。

ハチ公前広場の惨状を思い出す。

ダメだ。この階段は降りられない。

公太は、また廊下を走って戻る。同じリスクなら、延々と歩いて階段を降りるより、高速エレベーターで一気に地上に降りた方がいい。

再び、走る。ホールに着くなり、エレベーターの「▼」ボタンを連打する。すぐに到着のベルの音がして、三つあるエレベーターの、今度は一番右のドアが開いた。

が、公太はそれにも乗れなかった。

足が出ない。

公太は空のエレベーターの前で、ペタリとフロアに座り込んだ。

そして、吐いた。

4

突然のハイビームと車の突進に、真奈美の体は恐怖ですくんだ。

(まさか、私を轢くつもりなのか……)

だが、実際は、車は硬直した真奈美の体の一メートルほど横をかすめ、そのまま大通りに出て、あっという間に夜の闇に消えてしまった。人の足で追いかけることなど、できるはずがなかった。真奈美はしばらく、マンションの前で呆然とただ立っていた。

……ハチ公から半径七十メートル以内は爆発の殺傷圏内。

須永は、確かにそう言った。

これは、きっと重要なことだ。誰かに言わなきゃいけない。でも、誰に。タクシーに乗って、近くの警察に駆け込むべきか。それとも一一〇番通報をするべきか。その時、真奈美は気がついた。慌てて部屋から飛び出してきたので、唯一の持ち物であるスマホを須永のオフィスに置いてきてしまっている。つまり、タクシーに乗ってスマホのおサイフアプリで精算することもできなければ、電話をかけることもできない。それに、よくよく考えてみると、いわゆる「証拠」というものもない。須永のあの発言は自分しか聞いていない。彼が、渋谷ハチ公前広場での爆弾事件の関係者という証拠は何もない。

もしも、勘違いだったら？

須永が部屋から逃げたのは、単に真奈美が喧嘩腰でヒステリックでうるさくて、それに切れて出て行っただけなのかもしれない。

とにかく、一度部屋に戻ろう。そう真奈美は思った。何をするにしても、とにかく自分の携帯は取りに戻らなければ。足取り重く玄関の自動ドアの前に行く。立つ。しかし、開かない。このマンションの玄関ドアは、中から開けてもらうか、暗証番号を入力しなければ通れないタイプのものだった。管理人のような人はいないだろうか。真奈美は、自動ドアから中を覗き込む。が、見当たらない。業務時間外なのだろう。どうしたものか。

真奈美は、しばらくドアの前をウロウロとしていた。と、背後から足音が聞こえてきた。振り向くと、腹の大きく突き出た初老の男性が、真っ赤な顔でフラフラと歩いてくる。真奈美と目が合う。男はにっこりと笑顔になった。

「こんばんは。いつもお美しいですね」

「え？」

「やや。これはこれは。当たり前の挨拶をしてしまってすみません」

男は深々と頭を下げた。かなりの量の酒を飲んでいるようだ。それから男は、暗証番号を押してドアを開けた。真奈美は、男と一緒に中に入った。エレベーターも一緒に乗った。

「お嬢さん、何階でしたっけ」

「十四階です」

「そうでした。そうでした。歳を取ると記憶力が弱くなっていけません」

そう言いながら、男は「14」のボタンを押してくれた。

一四〇二号室。

真奈美は、須永の事務所に戻ってこられた。ドアノブに手をかける。ここもオートロックだったら万事休すだったが、そうではなかった。玄関に入ると、まず内鍵をかけた。念のためチェーンも。それから、放り出したままの自分の携帯を回収した。

さて。これからどうしよう。どうするべきなんだろう。

ふと、綾乃のことを考える。今頃、綾乃はどうしているだろうか。もう手術は終わっただろうか。意識は取り戻しただろうか。それとも。いや、悪い可能性は考えない。今は、須永のことを考えるのだ。彼が、なぜ「七十メートル」なんて数字を知っていたのかを考えるのだ。

真奈美は、オフィス奥の右側にあるドアを見る。あの奥は多分、社長室だ。つまり、須永のプライベートルームだ。立って、ドアノブに手をかける。開ける。入る。社長室は、とてもシンプルな部屋だった。窓に背を向ける形でデスクが一つ。その上に、二十九インチのモニターとキーボード。それだけ。他には何もない部屋だった。

真奈美は、デスク前の黒革の椅子に腰掛けてみた。

パソコンのマウスを触る。

と、画面がパッと明るくなった。そして、須永が延々と繰り返し再生していた、あの動画のポーズ画面がフルサイズで現れた。

「!」

気がつくと、真奈美は絶叫していた。

何度も。

何度も。

何度も。

今、自分は、殺人鬼の部屋の中にいるのかもしれない。いや、そうとしか思えない。

逃げなければ。今すぐ逃げなければ！

　しかし、ドアまで這うようにして進んでから、ふと真奈美は我に返った。

　これは証拠だ。

　これこそが証拠だ。

　今、病院で生死の境をさまよっているであろう、綾乃の仇を討つ唯一のチャンスだ。ここで私が逃げたら、あの男はこれを消去して永遠に逃げおおせるかもしれない。

　真奈美は、須永のデスクの方にもう一度向き直った。何も入っていないはずの胃から胃液が逆流してきそうになったが、それを強く飲み込んだ。

　デスク前の黒革の椅子に腰を掛ける。パソコンのマウスを触る。そして、動画再生画面を一回ミニマムサイズに調整し、ブラウザを探す。須永はＧｏｏｇｌｅのＣｈｒｏｍｅというブラウザを使っていた。真奈美も同じものを使っている。迷わずトップ画面を開き、そして、そこから検索履歴のページへと飛んだ。

　ここ数日の須永のネット利用履歴が、ずらっと一覧になって画面に現れた。

5

泉は、中野の東京警察病院に運ばれた。そこで、救急処置を受け、今は八畳の個室でベッドに横たわっている。鼻骨が折れたせいで、顔は大きく腫れ上がっている。左手首もやはり骨折していて、そこには頑丈なギプスがはめられた。

「おまえ、見るからに重傷だな」

世田はベッドサイドに置いてあった小さな丸椅子に座り、そこから泉に声をかけた。

「いや、全然、大したことないです」

泉は即答した。

「その顔で言われても説得力ないぞ？」

「そうですか？　まあ、腫れてるんだろうなって自覚は多少ありますけど、痛み止めの注射も打ちましたし。結果、大したことないです」

泉は、自分がまだ大丈夫ということをアピールしようと、ベッドから体を起こそうとした。世田はそれを、

「バカ野郎！」

と強く押し戻した。

「おまえはしばらく休んでろ」

「本当に大したことないんですって！」

「いいから休んでろ！」

「でも、まだ事件は解決してないんですから！」

「だからって、その体で動けるわけはないだろう？」

「動けますよ！」

泉は、包帯を巻いていない右手を振ってみせる。世田はそれをスルーし、

「この後、精密検査だろ？」

と言った。

「ええ。でも問題ないと思います。意識もはっきりしてますし」

「バカ。判断するのは、おまえじゃなくって医者だ。頭を強く打ってるんだ。怖いぞ、頭は」

「でも……」

「でもじゃねえ。精密検査受けずに退院したらぶっ飛ばすからな」

「……」

泉は、悔しそうに唇を噛み締めた。と、ドアがノックされ、若い男性捜査員が入ってきた。

「世田警部補。全捜査員に、至急渋谷署に戻るように指示が出ております」

「……何か、また起きたのかい？」

「はい。犯人から、次の犯行予告が……」

泉が、ガバッとベッドから起き上がった。

「いつ、どこでですか？」

「おまえは寝てろよ！」

若い捜査員は素直に答えた。

「次は十二月二十四日、土曜日。時間は十八時。場所は……東京のどこか、ということしかわかりません」

「！」

……そうか。次は場所もわからないのか。世田は慄然とした。泉は、元気な右手を振り回し、

「くそ！ 犯人は何人殺せば気が済むんだ！」

と怒鳴った。

「泉。とにかくおまえは安静にしてろよ！ 俺は渋谷署に戻る」

そう世田は言うと、泉に反論の隙を与える前に病室を出た。

廊下を歩きながら、世田は泉のこれからのことを考えた。ごく普通の捜査員なら定年

まで働いても体験しないような過酷な体験を、やつはたった一日で二回も味わってしまった。

数百人がいっぺんに死んだ、未曾有の爆弾テロ。

そして、自分自身が爆弾で吹き飛ばされるという、五反田のウィークリーマンションでの爆弾テロ。

泉は、今、極度の興奮状態にある。犯人を自分の手で捕まえたいという闘争心が、体が受けたダメージを上回っている。だが、精神力だけで突っ走れるのはせいぜい数日間だ。それから、ゆっくりあいつが襲ってくる。

恐怖。

恐怖がやってくる。

ほんのわずかな差で、自分も死んでいたという事実の重み。それらの記憶は実際に脳細胞に傷をつけるという研究論文もあるらしい。ことあるごとに、やつは渋谷の事件を思い出し、五反田の事件を思い出すだろう。それは日中だけでなく、睡眠時の夢にまで出現し、不眠、めまい、食欲不振、鬱などを呼ぶ。世田自身が、かつて経験したことだ。孫を逮捕されたことを逆恨みした老人が、世田を殺そうと、世田と世田の妻に向かって自家用車ごと神風特攻隊のように突っ込んできたことがあった。自分たちの車のフロントガラスに突進して来る青い車。グレーのエアバッグに顔が叩きつけられる。妻の狂ったような叫び声。フロントガラスに飛び散った相手の脳みそ。それでも、事件の直後は、泉と同じように興奮状態で乗り切った。しかし、それは長くは続けられなかった。
心のバランスがゆっくりと崩れ、
生活のバランスが崩れ、
妻との関係もこじれ、
仕事に悪影響が出始め、
数年かけて、世田はそれまでの大事にしていた全てのものを失った。本庁から所轄の交番勤務へと異動。そして、妻との離婚。
泉は、大丈夫だろうか。
泉は、乗り越えられるだろうか。

病院の玄関を出、ロータリーを抜け、敷地そのものから出たところで、世田は携帯の電源を入れた。そのタイミングを待っていたかのように、携帯は振動で着信を知らせてきた。上司である飛野あたりからの叱責の電話だろう。そう予想して世田は画面を見た。

が、相手はまるで違っていた。

歩きながら、受信ボタンを押す。

と、電話の向こうから、別れた妻の声が聞こえてきた。

「もしもし?」

「……どうしたんだ? こんな夜中に」

「どうしたって……だって、あなた、今渋谷署でしょう？　心配になって当然じゃない」

「あー」

「よかった。無事みたいで」

「ああ、うん。俺は全然大丈夫だよ。ありがとう」

「お父さんも、一緒なの？」

元妻は、そう訊いてきた。お父さんというのは、捜査本部で陣頭指揮を執っている鈴木警視監のことだ。

「一緒と言えば一緒だけど、俺はまあ、ただの足軽だからね」

そう自嘲気味に答えた。元妻は、それには答えようがなかったのだろう。ただ、

「じゃ。体には気をつけてね」

と言い、それで電話は終わった。

一分もない、短い通話だった。

6

世田は渋谷署に着くと、まず、六階にある副署長室に出向いた。本部の応援を待たず、自己判断で五反田に出向いた上、部下の泉に大怪我をさせた報告をするためである。

もちろん副署長の飛野は、その事実をとっくに知っており、世田が十二畳ほどの副署長室に入るやいなや「馬鹿野郎!」という怒声とともに、彼が愛用しているツボキックという肩こり対策商品を投げつけてきた。

「おまえ、自分で何やったかわかってんのか⁉」

「申し訳ありません」

「謝って済むなら警察はいらんぞ!」

「申し訳ありません」

「……それで? 何か新しい情報は掴んだのか?」

「現場に、これがありました」

世田は、五反田のウィークリーマンションで入手したノートを取り出し、飛野のデスクの上に置いた。

「来栖公太と一緒に行動していた女性の日記……というより記録だと思われます」

「……それで？」

「このノートの記述に偽りがないなら、犯人は男性ですね。黒いニット帽、黒いダウンジャケットにジーンズ」

「年齢は？　他に外見の特徴は？」

「大したことは書いてないんです。素人の作文ですからね。自分がなぜ恵比寿に行ったのかとか、そういうことはこと細かく書いてあるのですが」

「それじゃ、役に立たたんじゃないか。ニット帽やダウンジャケットなんて着替えられたら終わりだぞ！」

飛野はまた怒鳴った。

世田は、ずっと心に引っかかっていることを口に出した。

「ただ……一つ、明確に読み取れることがあります」

「ん？」

「犯人は、日本人ですね」

「あん？」

「機動隊の爆対がビビるほど高度な爆弾ですよ。なので、俺ら全員、心のどこかでは、『犯人は特殊な訓練を受けたプロのテロリスト』……つまり、犯人は外国人という予想をしていたと思うんです」

「……」

「予想という単語では違和感があるなら、期待、と言ってもいいです。だって、嫌じゃないですか。同じ日本人が、平気で爆弾を使って同胞を何百人も殺しただなんて」

「……」

「だから、犯人は外国人であってほしい。外国人だからこそ、犯行声明は、拉致した日本人に喋らせたり、急にテキストだけの発表になったりしてるんだと思いたい」

「……誰もそんなことは言っていない」

「言ってはいなくても、思ってましたよね？　少なくとも俺はそうでした」

「……」

「でも、犯人が外国人だったり、外国訛りのある人間なら、このおばさんは確実にそうこのノートに書いていたはずです。的外れな記述は多いですが、でも、とにかくこと細かく書いてますからね。それがないということは、少なくとも、来栖公太と、このヤマグチという女性に腕時計をはめて脅迫したのは、日本人です」

「それは、おまえの単なる推測だろうが！」

飛野がまた怒鳴った。

「推測でペラペラとモノを言うな！　仮に日本人がいたとしても、それは末端の使いっ走りで、その裏には海外のテロ組織があるに決まってる」

「ですかね」

飛野の言葉もただの推測だったが、それは指摘しなかった。確かに、日本における爆弾の専門家たちが舌をまくような高度な爆弾を、一般人が作れるとは思えない。世田には、未だ、犯人像がうまくイメージできていなかった。おそらく、飛野も、そして捜査関係者の全員がそうだろう。

と、部屋のドアがノックされた。

「入れ！」

「失礼します。そろそろ、捜査会議が始まります」


午前三時三十分。異例の時間の捜査会議。

世田は、会議室の重い扉を開けた。後方の席は、新たに捜査に加わった連中で陣取られていた。渋谷署だけでは手が足らず、新宿、目黒、世田谷など、近隣の署からも大量に捜査員をかき集めてきたようだ。世田は、ほぼ中央の席に座った。制服の女性警官が四人、手分けして今後の分担表を配布している。世田もそれを受け取った。ざっと眺める。なんと、世田の名前は表の一番下に記されていた。

「世田さん……外されましたね」

右隣に座っていた、顔見知りの刑事が話しかけてきた。

「みたいだな」

世田の名前は、電話応対のメンバーの中に入っていた。情報提供の電話を受ける留守番係。世田以外は一般職の女性だけだった。これが、五反田のウィークリーマンションに勝手に突撃した件に対する懲罰なのは明らかだった。

（まあ、いいさ）

世田はそう自分に言い聞かせた。電話番も立派な仕事だ。それに、この手の事件では、タレコミから大きく捜査が進展することもままある。タレコミ情報を最初に精査することができるのも悪くない。そんなことを考えていた。

鈴木警視監が着席した。飛野が立ち上がった。会議が今まさに始まろうとしていた。と、その時、世田も顔を知っている若い交番勤務の警察官が、

「あの！」

と上ずった声とともに手を挙げた。確か、串田とかいう名前だった。取り立てて目立つところはないが、勤務態度はまじめな男だった。

「どうした？」

怪訝な表情で飛野が尋ねる。捜査会議において、いきなり下っ端の捜査員が発言を求めるなど、前例がないことだからだ。串田は唾をごくりと飲み込み、そして言った。

「あの、私は、私用で外せない用がありまして、捜査に参加できないんですが……」

「は？　私用だと？」

飛野が気色ばんだ。鈴木警視監も身を乗り出した。捜査員たちも、もちろん、全員が串田を凝視した。

「私は、その……どうしても参加できないんです。体調も悪いのです。それで……申し訳ないんですけど、捜査から外れさせていただきます」

「何を言ってるんだね、君は!!!」

飛野は、持っていた書類で机の上を激しく何度も叩いた。

「今が、どういう時なのかわかっているのか!!!」

串田は俯いた。目に、涙が溜まり始めているのが世田には見えた。しかし、捜査から外れたいという言葉を撤回しようとはしなかった。

飛野が、再び吠えた。

「もういい！　おまえみたいなやつがいたら、全員の士気に関わる。体調不良だろうが私用だろうが、永遠に休むがいい。二度とこの捜査本部に足を踏み入れるな！　帰れ！」

「……ありがとうございます」

串田は、捜査員をかき分けながら、あっという間に会議室を退出した。

「あいつ、ビビったんですね」

また、右隣の捜査員が世田に小声で話しかけてきた。

「あいつ、昨日、ハチ公前の実況見分やらされたグループの一人でしたからね」

(そうか。あれを見たんなら、気持ちはわからなくもないな)

そう世田は思った。あれは、ベテランの世田でも思い出すだけで吐きたくなるような酷い現場だった。経験の浅い若造が、職務を放棄したくなる気持ちもわからなくはない。

爆弾魔を追い、こっそりと仕掛けられた爆弾を捜索するということは、いつ自分があの渋谷の街に散らばった肉片と同じことになってもおかしくないのだから。

鈴木警視監がマイクを手にした。

「もし、他にもこの捜査本部を抜けたいという者がいるなら、今、申し出てほしい」

そう鈴木は静かな口調で言った。

「我々は、互いの命を守りながら、この非道なテロリストと戦っていかなければならない。心が折れた者がいれば、それは全員の安全の低下を意味する。なので、もし抜けたいという者がまだいるなら、今回に限り、懲罰なしでその申し出を私は認めよう」

捜査員たちは、微かにざわめいた。

「抜けたい者は手を挙げてくれ」

鈴木が言う。

しばしの間。

しかし、誰も串田に続く者はいなかった。大会議室にいる三百人近い捜査員全員が、ただ黙って鈴木の次の言葉を待っていた。

「ありがとう。私は君たちを誇りに思う。では、捜査会議を始めよう」

そう言って、鈴木はマイクを飛野に戻した。

捜査会議はきっかり三十分で終わった。

人海戦術で東京中をあてどなく探し回っても、捜査の勝算はゼロに近い。だからと言って、その人海戦術をやらないという選択肢もありえない。全ての所轄と連携して、東京のランドマーク的な場所は、片端から捜索するしかないのが現実だった。

あとは、とにかく、恵比寿と渋谷の事件の時の目撃情報や監視カメラの映像から何か手がかりを得るか。

あるいは、タレコミ。

世田は、捜査会議が終わると、そのまま署の一階にある八畳ほどの小会議室に移動した。ここに長テーブルが二つに電話機が八台置かれている。臨時に作った「コールセンター」である。が、午前四時過ぎという時間帯は、さすがにかかってくる電話はほとんどなかった。それで世田は、電話番を女性職員に託し、タバコ休憩を取らせてもらうことにした。廊下に出て、まずは天井に両手を伸ばして背伸びをした。そして、肩と腰を軽く回し、それから正面玄関近くにある喫煙スペースへと向かった。

と、向こうから、両腕に包帯を巻いた若い女性がやってくるのが見えた。

明らかに、警察関係者ではない。部外者である。それで、世田はその女性に声をかけた。

「何かご用ですか？」

女性は世田を値踏みするように、しばらく観察した。

「警察の方ですよね？」

「そうですよ」

「渋谷の爆弾事件の担当の人と会いたいんです」

そう言われて、世田はさっと自分が緊張するのがわかった。それを相手に気取られないよう注意しながら、世田は言った。

「自分も、その捜査に携わっている人間です。お話なら、私が伺いますよ？」

女は大きく開いた目で、まっすぐに世田を見た。

「私、犯人を知っているかもしれません」

7

須永基樹は、恵比寿のマンションから天現寺へと車を走らせ、そこから首都高速に入った。入ったところで、我に返った。

俺は、どこに行こうとしているんだ。

茨城の実家か？　行ってどうなる。こんな深夜に突然押しかければ、いくら母親が鈍感でも、絶対に不審に思うに決まっている。そもそも、なぜ、ああも狼狽して真奈美から逃げてしまったのか。逃げる必要なんてなかった。ただ、堂々としていればよかった。冷静さを失っていた自分に呆れる。

芝浦のパーキングエリアまで走り、そこの駐車場に車を停めた。黒いシートを大きく倒し、それからスマホを取り出し、実家の電話番号をダイヤルした。

コール十二回で、母親が電話に出た。

「もしもし」

田舎では、急な不幸の知らせ以外で、こんな時間に家の電話が鳴ることなんてない。母の声は、幾分緊張していた。

「あれ？　母さん？」

須永は、わざととぼけた声を出した。

「基樹？　基樹なの？　どうしたの？　こんなに遅くに」

「や、ごめん。急ぎの仕事で、うちのアシスタントに電話したつもりだったんだけど、短縮番号を間違えて押しちゃったみたいだ。ごめん。こんな夜中に。起こしちゃったね」

下手な芝居だったが、母は須永の言葉を疑わなかった。

「あら、そうなの。よかった。そんなことで。何かすごく悪い知らせが来たのかと思って、お母さん、ドキドキしちゃったわ」

そう言って母は「あはは」と笑った。それから、

「それにしてもあれね。あなた、こんなに遅くまで毎日仕事をしてるの？」

といつもの口調に戻った。

「うん、まあね。ところで、何か変わったことはない？」

努めて普通のトーンで須永は尋ねた。

「変わったこと？　別にないわよ。あ、お父さんが、スカイツリー、すごく喜んでたわ。基樹にお礼を言わなきゃって言ってた」

「それはよかった」

「そうそう。渋谷のニュース、観たわよ。本当にあるのね、ああいうこと。渋谷って、あなたの仕事場から近いんじゃないの？」

「そうでもないよ。あ、じゃあ、俺、仕事の電話かけなきゃいけないんで切るよ。ごめんね。こんな時間に間違い電話なんて」

「いいのよ。いいのよ。あなたこそ、何か変わったことはない？」

「まったくないよ。じゃ、お父さんによろしく」

「はーい。了解ですよ」

深夜に起こされたにもかかわらず、息子と話ができて、尚江はとても上機嫌そうだった。須永はそれで電話を切った。とにかく、母親の生活が、きちんと「平穏」であることは確認できた。

あの男は、母には連絡をしていない。

あの男は、自分にしか連絡をしていない。

缶コーヒーでも買おうと、シートを元に戻し、運転席のドアを開け外に出た。ふと、空を見上げる。底冷えのする冬の夜。空気は澄んでいる。雲もほとんどない。しかし、それでも東京の街は無駄に明るく、夜空に見える星は片手で数えられるほどだった。


それからしばらく、須永はそのパーキングエリアで考えた。

自分の予想が最悪の形で当たったとして、それに対して、自分ができることは何か。日本のためでもなく、世界のためでもなく、今の状況において、息子として母にできることは何かを考えた。

ハイリスクなアイデアがまず出た。

ローリスクなアイデアは、どれほど考えても思いつかなかった。

何もしないという選択肢は須永的にはあり得なかった。

専門家に委託するパターンが合理的なのだろうが、今やそれも須永の心情には沿っていなかった。秘密を知る人間が増えるということは、それだけ露見するリスクも増えるということだし、金で動いている人間は、根っこのところではどうしてもツメが甘くなる。所詮は、他人事だからだ。

とりあえず、自分自身であの街に行ってみよう。そう須永は考えた。

街の名前は、福生。東京都の多摩地域中部に位置する市で、在日アメリカ軍の横田基地が、市の平坦部の約三分の一を占める。いわば「アメリカ軍のための街」だ。須永はまだ一度もその街に行ったことがない。ただ、私立探偵の調査報告書にこの「福生」という街の名前を見てから、いろいろとネットで予習はしていた。例えば、市名の由来は、麻の古語である「フサ」であるという説が有力で、それにあとから「福が生まれる」という縁起の良い漢字が当てられたらしい、などということまで既に知っていた。

パーキングエリアを出て、首都高速から中央自動車道へ。八王子インターチェンジの第2出口で高速を出て、そこからは国道一六号、都道一六六号、都道七号と走ると、そこはもう福生だ。法定速度をオーバーしないよう慎重に走って、ジャスト一時間だった。福生駅近くにあるコインパーキングに車を停め、朝の七時まではそこで仮眠を取った。それからコンビニに行って新聞などを買い、そして二百円でアイスコーヒーが飲める大手のカフェチェーンの店が開いたのを見つけてそこに入った。アイスコーヒーとハムサンドを注文し、窓際の席に座る。そこからは、私立探偵が教えてくれた「例の店」がよく見える。まさに、ベストポジションだった。店は閑散としていて、須永以外には、スーツを着た会社員風の男が奥の四人掛けのテーブルに一人で座っているだけだった。

新聞を広げる。

一面は全て、渋谷の爆弾テロのその後と、新たにネットに流れた爆破予告についての記事だった。

今日。十二月二十四日クリスマスイブの十八時。

東京のどこかで爆発が起こる。

「外出は控え、できるだけ自宅で過ごすように」

そう新聞は繰り返し読者に訴えていた。大型の台風が関東を直撃するときによく見る文章にそっくりだった。今日を臨時休業にして、社員には自宅待機を命じる会社もちらほら出てきているらしい。通勤中にテロに遭えば、それも労災ということになるからだ。

やがて、例の店の前に、男が一人、やってきた。店主の馬場。彼の顔写真は、調査報告書に添付されていた。彼はほぼ毎日、行きつけのバーで飲んでいる。ダーツが好きで、安い金を賭けて朝までそのバーで遊ぶのがパターンらしい。それから近所のコンビニで買い物をし、漫画週刊誌の立ち読みをし、七時半から八時頃に店に戻ってくる。そして、ランチタイムまで寝る。須永は時計を見た。七時四十五分。飲みかけのアイスコーヒーをそのままに、足早に店を出た。馬場が、店のシャッターを開けて中に入ろうとしている。彼が中に消えてしまう前に声をかけなければ。が、自分が声を出すより前に、誰かがすっと自分の背後に立つ気配があった。

後頭部に、コツンと金属が当たる。

「動くな」

低く抑えた声で、男は須永に言った。

ある日、夫は私に言いました。
「君と二人で学校を作りたい。
俺が先生で君が生徒。
どうだい？　楽しそうだろう？」
私は、夫はとうとう頭がおかしくなったのだと思いました。
でも私は、
「いいよ。学校、やろう」
と言いました。

夫のことを、愛してましたから。

第六章

1

後頭部に、コツンと金属が当たる。

「動くな」

低く抑えた声で、男は須永に言った。

聞き覚えのない声だった。反射的にポケットに手を入れた。さっき買ったばかりのカッターナイフの感触を手に感じながら、須永はゆっくり背後を振り向いた。

「動くなって言ってるのに、やんちゃな兄さんだな」

そう言って、背後にいる男は苦笑いをした。年齢は四十歳前後だろうか。肌は浅黒く、筋肉質で、鼻に古傷のような跡があり、少し潰れているようにも見えた。元ボクサー、といった雰囲気だ。後頭部に感じた金属は、この男が持っていたパイプの吸い口だった。

「誰ですか？　あなた」

静かに須永は訊いた。

「俺？　俺はこの店の常連でね。毎日、この店に一番乗りをするのを日課にしてるんだ。ここはコーヒーが美味い。ドーナツも美味い。おまけに禁煙じゃないと三拍子揃っているからな。ところが今日はあんたに先を越されそうな雰囲気だった。それで、声をかけたってわけさ。あんたは別に、入店が二番でもこだわらないだろ？」

そう言うと、男は自分で、店のドアに掛けてある札を、「準備中」から「営業中」に引っくり返し、そして、先に中に入っていった。

まだ、朝の七時四十五分である。この店の営業時間は十一時半からだと、インターネットで須永は確認していた。それに、毎日一番乗りする常連がいるなんて情報は、レポートのどこにも載っていなかった。これは一体なんだ。何がどうなっているんだ。須永は訝しんだ。何かの罠かもしれない。だが、だからといって、ここで踵を返して家に帰るわけにはいかなかった。それで結局、須永も意を決して店の中に入った。

店は、半分がダイビングショップで半分がカフェコーナーという、ちょっと変わった造りだった。店主の馬場は、既にエプロン姿でカウンターの中にいて、「いらっしゃいませ」と小さく聞き取りにくい声で言った。元ボクサー風の男は、奥の四人掛けのテーブルに座っていて、須永に向かってこっちこっちと手招きをしていた。

「ここに座んなよ。一番乗りを譲ってもらったお礼に、ここは俺が奢るからさ」

そう男は言った。

須永は、それに素直に従うことにした。

「ご注文は？」

店主ではなく、向かいの男が聞いてきた。

「……ホットコーヒーと、オールドファッションのドーナツを」

須永は答えた。

「あいよ」

男はにやりとうなずくと、今度は馬場に、

「マスター、聞こえた？　コーヒーとドーナツ二つずつね！」

と大声で言った。

「あなた、誰ですか？」

須永は目の前の男に尋ねた。

「ん？　だから言っただろ？　ただの常連だよ」

「……」

「ここはコーヒーが美味い。ドーナツも美味い。おまけに禁煙じゃないと三拍子揃っているからな」

「……」

男はそう言いながら、新しいタバコの葉をせっせとパイプに詰めようとしていた。

「似合わないですね」

須永は言った。

「ん？」

「あなた、ドーナツを好き好んで毎日食べるタイプには見えないですよ。どちらかと言うと、糖質制限をしながら筋トレをして、毎日必須アミノ酸のサプリメントを飲むタイプに見える」

男はまたにやりと笑った。

「よく言われるよ。でも、人は見た目だけじゃわからないからな」

そう言って、またパイプにギュウギュウとタバコの葉を詰める。

馬場がコーヒーとドーナツを持ってやってきた。先ほどまでいたチェーン店のコーヒーの香りと大差がないなと須永は思った。このコーヒー目当てに連日ここに通うという話にはやはり信憑性がない。そんなことを考えながら、須永はドーナツを一口齧った。

（これだ……）

食べた瞬間に、たくさんの記憶が須永の中から溢れ出てきた。

（ちくしょう。これじゃないか……）

須永は顔を上げ、店主の馬場に一つ質問をした。

「これ、出来立てじゃないですよね。何日か経ってしまった油の回り方ですけど」

馬場はぺこりと頭を下げた。

「すみません。今日はそれしかお出しできないんですよ」

「それは、いつもこれを作っている人間が、最近、休んでいるからですか？」

「！　よくご存じで。そうなんですよ。このドーナツがうちのカフェの唯一の売りなんですけど、担当が風邪を拗らせて休んでましてね」

そう馬場は言い訳をしながらカウンターの向こうに戻っていった。

「マスター。ランチまで奥で寝てていいよ」

目の前の男が大きな声で言った。馬場は小さく頭を下げると、素直に店の奥にある彼のプライベートスペースに引っ込んでいった。男は馬場がいなくなると、大口を開けて須永が注文したのと同じドーナツを頬張った。

「それの隠し味、なんだかわかります？」

須永は訊いてみた。

「ん？」

「そのドーナツ目当てにここに通ってる常連さんなら、知ってるんじゃないかと思って」

「……」

「ヨーグルトと、レモン。あと、健康のために、小麦粉の量を減らしておからを混ぜている。その分、口当たりがふわっと柔らかいでしょう？　子供の毎日のおやつにもピッタリだ」

「……」

「あなた、誰ですか？」

「……」

「もしかして、あの男の仲間ですか？」

「……」

「仲間なら、教えてほしいな。あいつはなぜ消えた。二十年近くも、どこで何をしてた。ただの料理人が、どうして渋谷の爆弾テロの情報を事前に詳しく知っていたのかな？」

須永は畳み掛けるように尋ねた。一度言葉を口にしたら、もう止まれなかった。元ボクサー風の男は、須永の目をじっと見ながら、モグモグとドーナツを最後まで食べた。そして、べとついた自分の指先を舐めながら、

「……それは言えないと言ったら？」

と言った。

須永は即答した。

「金を払う」

「……」

「あんたの希望する額を言ってくれ」

「……」

男は、今度は指先を紙ナプキンで丁寧に拭きながら言った。

「金は要らないと言ったら?」

その悠々とした態度に、須永の中の何かがキレた。気がつくと彼は、ポケットの中からカッターナイフを出し、男の顔の前に突きつけていた。

「金が要らないのなら、力ずくで訊く」

「……」

男は、目の前のカッターナイフにまったく動じなかった。しばらく、その刃先を見つめていたが、やがて、

「ありがとう」

とぼそりと言った。

「は?」

「そういうものを、あんたが先に出してくれたらいいなと思っていた。そうすると、俺も堂々とこういうものが使えるからな」

そう言いながら、男は銃を出して須永に向けた。

「!」

「俺は、常連だとは言ったが、刑事じゃないとは言ってないぜ。五反田のウィークリーマンションで吹っ飛ばされた泉って若いやつは、俺の下に二年間もいた可愛い後輩でな。ただ飯もたくさん奢ったし、なけなしの給料でキャバクラにも連れて行ったことがある。だから俺は、泉の仇が取れるんなら、警察のルールなんてものはいくらでも無視するか

らな。さ、次の爆破予告まで、あと十時間しかない。知ってることを洗いざらい話せ。さもないと、俺はまずおまえの右足を撃つ」

「……」

「それでも話さなければ左足を撃つ」

「……」

「おまえが探しているのは誰だ。そいつは今回のテロと何の関係がある？」

「……」

なるほど。あの女か……須永はすぐにそう理解した。高梨真奈美。あのクソ女だ。あの女が、警察に通報したのだろう。この店に先回りされたということは、つまり、俺のデスクにある私立探偵からの報告書も読まれたと考えていいだろう。女が通報し、警察が家宅捜索をし、私立探偵の報告書の、それもご丁寧にも須永が赤線を引いた部分をきちんとチェックしたということだ。

〈五十代なかばの料理人。年齢がほぼ一致。人相もほぼ一致。デザートとして出てくる手作りのオールドファッションのドーナツが美味しいと常連客には評判である〉

刑事と名乗った男の目は、もう笑っていなかった。右足を撃つというのはただの脅しだろうが、銃で殴られて歯を折られるくらいのことは起こりそうに思えた。しかし、須永は恐怖を感じなかった。カッターナイフを取り出した時点で、既に須永の中では何かが壊れていた。

「……俺のお袋は再婚なんですよ」

須永はそう話し始めた。

「は？」

相手の刑事が顔をしかめる。

「最近ね。最近、ようやく幸せをつかんだんですよ。わかります？　二十年近く、突然相手に捨てられたショックに苦しみ、何が起こっているのかわからないという現実に苦しみ、貧乏にも苦しみ、それでも俺に最低限の教育は受けさせたいからって、お袋は血の滲むような苦労をしてきたんだよ。で、ようやくだ。ようやく、お袋は自分のために今、生きられるようになった」

「何を言ってるんだ、おまえ？」

「困るんだよ！　今更、昔の男が現れるのも困るし、それをあんたらみたいな人間に騒がれるのも困るんだ！」

須永は両手でテーブルを思いっきり叩いた。コーヒーとドーナツを載せたトレーが跳ね、コーヒーはこぼれ、食べかけのドーナツは床に転がった。

刑事の視線が一瞬、足元に落ちたドーナツに行った。次の瞬間、須永は相手の銃を持っている手に組みついた。両手で相手の手首を逆に捻る。須永は銃を奪うつもりだった。腕を押さえつけたまま、二の腕あたりにカッターナイフを突き刺す気だった。

と、その時。カウンターの方から、男が一人、突っ込んできた。男のタックルは須永の腰に綺麗に決まり、須永はしたたかに店の壁に叩きつけられた。

「！」

「とち狂いやがって。なんだこいつは」

そう言いながら、刑事は体勢を立て直し、改めて銃を須永に向けた。

もう一人の男も、須永に銃を向けた。

須永は顔を上げた。もう一人の男には見覚えがあった。恵比寿のマンションで、二度も自分に職質をしてきた警察官だ。

「また会ったね、須永さん。渋谷署の世田だよ」

「……」

「俺はあんたに面が割れてるからね。それで、こいつに応援を頼んだのさ」

「……」

「ちなみに、あんたは気がついてないかもしれないが、俺は昨日、渋谷のハチ公前をウロウロしていたあんたを目撃している。あんたが泉の仇の一人なんじゃないかとかなり強く疑っている。だから、今度今みたいな真似をしてみろ。この中に入ってる弾丸を、全部あんたに向けて撃ってやる」

「……」

「次の爆破予告まで、あと十時間しかない。知ってることを洗いざらい話せ」

「……」

自分に向けられた二つの銃口を見つめながら、須永は必死に冷静さを取り戻そうとしていた。自分は本来頭脳派だ。それなのに、腕力に頼って何かをしようとしたのが間違いだった。まだ遅くない。冷静になれ。冷静になって賢く立ち回れ。そう必死に自分に言い聞かせた。

「わかりました。なら、俺と取引をしてください」

そう須永は切り出した。

「取引？」

「ここにいる全員が、爆弾魔に復讐したいと思ってる。なら、俺が知っている男がもしその犯人だったら、その時はそいつを問答無用で殺してほしい」

「おい！　俺たちは警察だぞ？」

「その上で、そいつの本名やかつての家族の名前がマスコミに流れないよう、警察で責任を持って情報を操作してほしい」

「そんなこと、できるわけないだろう！」

元ボクサー風の男が吠えた。

「なら協力はしない」

須永も吐き捨てるように言った。

「あと十時間でまたテロが起きるんだぞ！」

今度は世田が怒鳴った。

「俺のお袋は二十年苦しんだんだ！」

須永は怒鳴り返した。

「また何百人もの人が死ぬかもしれないんだぞ！」

元ボクサー風の男が吠えた。

「赤の他人の命なんて知ったことか！」

須永はまた怒鳴った。

それを聞いて、二人はしばらく絶句した。そして、

「……おまえ、それ、本気で言ってるのか？」

と呻くように言った。店内は、それからしばらく無音になった。須永は、一度しっかりと呼吸を落ち着け、それから言った。

「……うちの会社は、社外との通話は全て自動で録音している。なので、その男からの電話も、録音データが残った。そいつはその電話で、犯人しか知りえない情報ってやつを喋っている。だから警察がそいつを逮捕できた時には、その録音データは、最強の証拠になるはずだ」

「それはどこにある？」

世田が訊く。

「ＳＤカードに移して元のデータは消した」

「そのＳＤカードはどこにある」

「それは言えないですね。まだ取引が成立してない」

須永が答える。

「……あと十時間で、またテロが起きるんだぞ」

世田がまた言う。

「俺のお袋は二十年近く苦しんだんだ。犯罪者の元妻とか言われて世間の晒し者になんか絶対にさせない」

須永はきっぱりと答えた。

「また何百人もの人が死ぬかもしれないんだぞ」

元ボクサー風が吠える。

「だから、赤の他人の命なんて知ったことか」

須永はそう嘯いた。

その瞬間だった。

なんと、世田が本当に銃を撃った。その弾は須永の頬をかすめ、背後の壁に飾ってあったラッセンのコピーにぶち当たり、その額のプラスチックを粉々にした。

「いいだろう。あんたの父親が犯人だったら、俺がそいつを撃とうじゃないか」

そう世田は言った。

「馬鹿野郎！　おまえ、何言ってんだ！」

ボクサー風が怒鳴る。世田は首を大きく横に振った。

「俺は、こんなところで時間を無駄にしたくない。俺は見たんだ。あの地獄のような渋谷をこの目で見た。相手が誰であれ、そいつを銃で撃つことには何のためらいもない。さあ、須永さん。とにかくまず、あんたが探している男を見つけようじゃないか。昔々に失踪した、あんたの親父さんを」

「……」

「取引とかそういうのは、そいつを見つけてからでもいいだろ。動かぬ証拠はあんたが握ってるし、俺たちはまだそいつの顔すらわからない」

「……」

「ここのオーナーから、今の従業員名簿を預かってる。偽名を使ってるだろうから、誰があんたの親父さんかはまだわからない。でも、たったの五人だ。警察手帳を使ってしらみつぶしに探せば、すぐわかると思うぞ」

「……」

「顔、わかるんだろ？」

「……どうですかね。二十年近く会ってないですからね」

「絶対わかるさ。親子なんだから」

「……」

それから三人は、店主の馬場から貰った従業員リストを回った。

元ボクサー風の男は、桑島（くわしま）という人間で、なんと刑事というのは嘘だった。元ボクサーで、渋谷を縄張りにしていた元ヤクザで、今は風俗系の店の用心棒のようなことをやっている男だった。世田とは昔からウマが合い、ヤクザをやめてからは、時々酒を飲むような間柄になったのだという。

「渋谷署の人間は、全員捜査に出払っていて、相棒を頼めるやつはいなかった。で、ふと思いついて、一杯奢る約束で付き合ってもらったのさ。あんたが必死に奪おうとした銃は、ただの玩具だよ」

そう世田は言った。

「最近の警察はめちゃくちゃですね」

須永が嫌味を言うと、

「それだけ非常事態ってことさ」

と世田は苦虫を嚙み潰したような顔で答えた。


やがて、須永と世田と元ボクサーで元ヤクザで現用心棒の三人は、須永の父がひっそりと暮らしていた、築五十年は経っていそうな木造のモルタル造りのアパートに辿り着いた。時計は正午近くになっていた。突然の警察の来訪にアパートの大家はびっくりし、

「あの。二〇一号室の方、何をしたんですか？　何の事件に関わりのある方を調べてるんですか？　私も大家として、居住者の情報はちゃんと知っておく義務があってです

ね」などと、しつこく訊いてきたが、「捜査の情報は話せないんですよ」と世田はそう繰り返し言って聞かせて、その初老の大家を追い払った。

部屋に入る。

すぐに桑島が一冊の雑誌を見つけた。かつて、須永が表紙に載ったものだ。

「!」

「こいつがあるってことは、この部屋が正解かな」

そう世田が言った。

須永は混乱していた。父の気持ちがまるでわからなかった。遠い昔に失踪した父。短い置き手紙一つで家族を捨てた父。残した家族を貧乏のどん底に追いやった父。そしてついに、一度も失踪の理由を家族に説明しなかった父。あの男は、家族を捨て、こんなにも狭くて薄暗い部屋で一人暮らしをしていたのか。仕事だって、かつては都心の一流店のシェフだったのに、今ではこんな片田舎のショボい店の従業員になっている。なぜだ。なぜなのだ。なぜ、家族を捨ててこんな暮らしを選ぶ必要があったのか。すると、

「あ。ここにメモがあるぞ」

と桑島が言った。

「メモ?」

世田と須永がすぐそれを見に近寄った。

メモには、

「両国国技館」

「恵比寿ガーデンプレイス」

「渋谷ハチ公前広場」

「東京タワー」

「レインボーブリッジ」

と右肩上がりの癖のある字で書いてあった。須永の記憶にうっすらとある筆跡だった。

「両国って何ですかね……」

須永がそう呟くと、世田が親切にも教えてくれた。

「恵比寿の事件の一週間くらい前に、まず両国で爆弾騒ぎがあったんだよ。手榴弾形のライター。オモチャだったから、新聞にも載らなかった」

「でも、このメモを書いた人間はそれも知っている……」

覚悟はしていたが、これで確定のようだ。須永は今すぐこの場にしゃがみこみたい気持ちになった。爆弾魔は父だ。やつが組み立てたのかどうかはわからないが、少なくとも、爆弾魔の一味の一人であることは疑いようがない。

「ということは、今夜の爆弾テロは東京タワーってことか」

そう元ボクサーで元ヤクザの男が言った。

「東京タワー。そして、更にその次がレインボーブリッジ。すぐに本部に連絡しよう」

そう世田が言った。

「待ってくれ！」

須永は叫んだ。

「取引をしてくれ！　このメモだけじゃ、あいつを追い詰める証拠にはならないぞ！　あんたたちには、俺の持っている録音データが絶対に必要なはずだ」

「おい！　次の爆発まであともう五時間なんだぞ！」

「取引をしてくれ！」

「須永！」

「取引だ！」

須永は一歩も引かないつもりで叫んだ。そんな須永を見て、世田は黙り込んだが、やがて携帯を取り出した。

「どこにかけるんだ。捜査本部に俺の父親の話をしたら、俺はＳＤカードを叩き壊すぞ」

「勘違いをするな。あんたの母親への気持ちを酌んでやろうと思ってるだけだ」

そう世田は答えた。

やがて、世田の電話の相手が出た。

「警視監。お忙しいところすみません。世田です」

世田はそう話し始めた。

2

十二月二十四日、クリスマスイブ。
朝からKXテレビは、来栖公太が出演する緊急特番の放送予告をひっきりなしに流していた。ゴールデンタイムに、三時間の生放送。それを公太は、テレビ局が用意した例の高級ホテルの一室で観ていた。テーブルの上には、先ほど番組のADが届けに来た構成台本がある。生放送でのインタビューと言っても、実はちゃんと台本がある。公太も、もちろんそれは知っていた。

○

アナウンサー「来栖さん。犯人に今思うことは？」

○

来栖さん「……（ここはご自分の言葉で、犯人への強い怒りを語ってください）……」

自分の言葉でという割には、「強い怒り」と勝手に書かれている。もちろん、犯人への怒りはある。強い怒りはある。でも、こうして第三者に勝手に台本に書かれると、なんとも言えない違和感があった。

台本には更に、

アナウンサー「首相が、テロリストとの対話に応じなかったのは正しかったと思います

か?」

来栖さん「はい。国の対応は正しかったと思います」

なんと、そう勝手に書かれている。ご丁寧にも、「これは必ずこう答えてください」という手書きで赤字の注意書き付きだ。

(ダメだ……)

公太は呻いた。また、どんどん気分が悪くなってきた。あれから一体何回吐いたことだろう。もう、胃袋は空っぽで、胃液以外に吐けるものはなかった。公太はテレビを消し、台本も閉じた。窓から外を見る。もし次の爆弾がこのホテルに仕掛けられていて、俺が泊まっているこのタワーの根本がポッキリと折れたら、俺はどのあたりの地面に叩きつけられて死ぬのだろうか。そんなことをまた考えた。同じことを、多分、昨夜から五十回は考えている。ダメだ。ますます気分が悪くなってきた。それで公太は、意を決して外に出てしまうことにした。もう一度、エレベーターにチャレンジしよう。そして、散歩だ。少しだけ、散歩をするだけだ。木田プロデューサーからは、頻繁に所在確認の電話が来るが、局からの迎えの車が来るまでにホテルに戻りさえすれば、大きな問題に

はならないだろうと公太は考えた。ビルとビルの隙間から、東京タワーが見える。あれは、公太のような田舎者にはいつもいい目印になってくれていた。それで公太は、外に出て東京タワーを目指して歩く決意をした。


十二月二十四日、クリスマスイブ。

長野県松本市に住む川西治子(はるこ)は、特急「あずさ」に乗って新宿駅まで出、そこからJR山手線で一駅移動して、代々木駅で下車した。この近くに臨時で作られた爆弾テロ被害者のための遺体収容所で、娘の智花の遺品を確認するためである。警察の制服を着た男が、「顔の判別は付きませんから、ご遺体はご覧にならない方が良いかと思います」と気の毒そうな声で言った。治子は迷った。いくら遺品やら着ていた服やらを見せられても、娘と直に対面しない限り、自分は娘の死を受け入れられない気がしていた。ショックで寝込んでしまった夫も、後で絶対に、「本当に智花だったのか?」と訊いてくるに違いない。そう思った。でも、十分近く迷った末、治子はその警察官のアドバイス通りにすることにした。

(私は、娘の可愛い顔だけを覚えて生きていく)

治子は、そう決めた。

智花の遺品の中に、携帯電話があった。治子が買ってやったものだ。その時に、『携帯のロックはしない。ロックしなきゃいけないようなことはしない』と娘と約束をした。

画面を開く。娘は約束通り、携帯にロックをしていなかった。それで治子は、娘が友達とした最後のやり取りを読むことができた。

――渋谷で野次馬をした後は六本木ヒルズに行くんだ。

――それから、クリスマス仕様になっている東京タワーをバックに自撮りをするよ。

そんな計画が書いてあった。それで治子は、葬儀関係の雑務に取りかかる前に、ひとり、そのコースを歩くことにした。智花が見るはずだった景色を、自分で見に行くことにした。


十二月二十四日、クリスマスイブ。

機動隊爆発物処理班に所属する葛原時生(くずはらときお)は、隊の上司から「東京タワー」への出動命令を受けた。爆発物を捜索、発見せよ。発見後は、そのまま速やかに退避し、本部に連絡せよ。爆弾の解体、あるいは無効化については、米軍の専門家に応援を頼むことになったので、君たちは余計な手出しをするな。そういう内容だった。なぜ、突然、「東京タワー」と場所が具体的に特定されたのかはわからない。上司も、その点については何も説明してくれなかった。

葛原は、渋谷で指揮を執っていた山根真を知っていた。その部下の東出も知っていた。日本では、いわゆる爆弾テロについてはその危険度をかなり軽視していたので、爆発物対応のプロの数もアメリカよりずっと少ない。なので、渋谷駅で爆死した大半の連中を、葛原は知っていた。

葛原は、東京タワーに向かう前に、東陽町にある築十五年の家族寮に一度戻ることにした。露見すれば懲戒の対象となる行為だが、気にしなかった。

玄関の鍵を開けて中に入ると、妻の美帆が、驚いた表情で中から出てきた。

「びっくりした！　どうしたの？　こんな中途半端な時間に」

「たまたま近くを通りかかってさ。実はすっごく腹が減ってんだけど、何か食べさせてくれない？」

そう葛原は妻に言った。

「え？　今？」

「うん。今」

「三時のおやつなら、お煎餅が確かあったと思う」

「や、ごめん。そういうのじゃなくて、美帆が作ってくれたものが食べたいんだ」

「え？」

「何でもいいんだ。チャーハンでも、トーストでも、卵焼きでも」

そう葛原が言うと、妻はとても困った顔になり、

「買い物、夕方に行こうと思ってたから、今は何にもないんだよね」

と言った。そして次に、

「あっ！　いいものがあった！　冷蔵庫に、セブン-イレブンの餃子がある！　あれ、

解凍してあげるよ！」

と言い、いそいそとキッチンに入っていった。

もしかしたら、セブン－イレブンの餃子が人生最後の食事になるかもしれないのか。

そう思うと、葛原はとてもやりきれない気持ちになった。それで彼は、生まれて初めて、神というものに祈ることにした。

どうか、今日を無事に過ごさせてください。

今夜、妻の料理を食べさせてください。


十二月二十四日、クリスマスイブ。

警視庁の会議室の円卓で、鈴木は、公安部長としてその末席に座っていた。警視総監、副総監以下、警視庁のトップがずらりと集結している。初見なのは、磯山首相の側近である矢久保紀行(やくぼのりゆき)という私設秘書だけだった。六十歳くらいだろうか。総白髪で、目つきがとても鋭い男だった。

鈴木は、彼らの前で、次の爆弾テロの標的は東京タワーであると明言した。

「闇雲に捜索をしても爆弾は見つけられません。それで、私の独断で、現在、捜査員を東京タワーに集中させております」

鈴木はそう報告した。

「その判断は本当に正しいのかね？」

矢久保が尋ねてきた。

「あなたは、所轄のいち捜査員の報告を鵜呑みにしている。それがどれだけ大きなリスクを孕んでいるか、あなたは本当にわかっているのか？」

予想通りの質問だった。鈴木は答えた。

「よくわかっております。しかしながら、今、その者からの情報以外に、爆発物の設置場所に関して具体的な報告は上がってきておりません」

「鈴木さん。あなたの判断が間違いで、どこか別の場所で爆発が起こったら……その時は国民の怒りの矛先は磯山首相にも向くでしょう。その時に、あなたは責任が取れますか？」

「責任？　そんなものはもちろん取れません」

鈴木は矢久保を強く見つめた。

「既に渋谷で数百人が死んでるんだ。私を含め、ここにいる誰もが、もう責任なんて取れっこない。しかし、それでもと言うのなら、一つ、お約束しましょう」

「ほう。何をです？」

「東京タワーという情報が間違いだった時は、私は腹を切ります」

「は？」

「辞任とか、そういう喩え話ではありません。本当に腹を切ります。それ以上の責任の取り方を、私は思いつきません」

会議室は静まり返った。

「では、私は渋谷署にある捜査本部に戻ります。一分一秒が惜しい状況ですので」

そう言って、鈴木は本当にスタスタと会議室から出て行った。

3

記録として、今日も、私、ヤマグチアイコの身に起きた出来事を記します。

今日とは、二〇一六年の十二月二十四日のことです。クリスマスイブです。土曜日です。

前日、私は、犯人からの指示で、『ニュース・ドクター』のアルバイト・スタッフである来栖公太くんと別れました。その後、彼は渋谷に向かい、私は六本木に移動しました。途中、恵比寿駅でJRから日比谷線に乗り換える時に、大勢の制服警官とすれ違いました。

誰か、私に声をかけないだろうか。

おばさん、ちょっとその右の手首、見せてもらっていいですか？

そんなことを言われたらどうしようかと思いました。でも、彼らは緊張で硬直している私の前を、ただ通り過ぎました。

六本木の目的地も、やはりウィークリーマンションでした。

七〇三号室。五反田と同じ部屋番号。

そして五反田の時と同じように、テレビに白い封筒がセロハンテープで貼り付けられていました。

私は、封筒を開けました。

そこには、次の指示を書いた紙と、そして、なぜかお金が入っていました。

大金です。なんと、十万円も入っていました。

もしかしたら、これはバイト代というやつでしょうか。

あなたの好きに使っていい。そう書いてありました。明日の十八時半までは、時間も自由に使っていい。そう書いてありました。それで私は、せめて、人生の最後になるかもしれない食事を、なるべく美味しいもので、なるべく店も美しくて、眺めも素晴らしい場所で摂ろうと思いました。

私は、六本木の高層ファッションビルの二十四階にある、ビストロ「ＫＩＲＡＫＵ」というお店に行くことにしました。前に知人から、「その店から見える夕焼けと東京タワーの組み合わせは最高だよ。ぜひ今度、ご主人と行くといいよ」と教えてもらったことがあったからです。残念ながら、その時はいろいろ立て込んでいて、夫とこの店に来ることはできませんでした。それで今回初めて、私はこの店に来たわけです。

時間がまだ早かったからか、店はまだあまり混んでいませんでした。

黒い制服を着た若い店員が、

「いらっしゃいませ」

と笑顔で声を掛けてくれました。

「お一人様ですか?」

「はい。窓際の席に座りたいのですがいいですか?」

「はい。とても眺めの良いお席がまだ空いております」

それから私は、八重歯のかわいらしい女性の店員さんに案内され、眺めのいい窓際の席に座らせてもらいました。

メニューはたくさんあって難しそうだったので、一番上に書いてあった「本日のシェフのおすすめコース」を頼

その時だった。

見知らぬ男が、ヤマグチアイコの前に現れた。それで彼女は、それ以上、ノートを書き続けることができなくなった。

4

十二月二十四日、クリスマスイブ。

朝比奈仁は、かつて自分が勤めていた六本木のビストロ「ＫＩＲＡＫＵ」に来ていた。

そして、窓際の席に目当ての女性を見つけると、静かにその前に移動した。

女性は顔を上げ、怪訝な顔をする。それで、仁はまず、

「ここ、座っていいかな」

「は？」

「じゃ、遠慮なく」

そう言って、仁は女性の目の前に座った。

「あー。懐かしいな。この席がね、この店では一番いい席なんだ。夕焼けと、東京タワーと、どっちもいい感じで眺められる。あ、実は俺ね、昔、ここに勤めてたんだ。シェフだった。で、この店で最初に会ったんだ。彼とね。目が合った瞬間に、いきなりわかった。でも、その時、俺には妻も子供もいたからね」

そう仁が話し出すと、目の前の女性は更に訝しげな顔になり、

「……あなた、誰ですか？」

と質問してきた。それで、仁は種明かしをすることにした。テーブルに身を乗り出し、相手の目を覗き込むようにして、小声で言った。

「あんたが辿っている場所。それはずっと昔に、俺がショーンに頼まれて考えたものだ。『おい、仁。ロブのやつがさ、俺たちより先に結婚するっていうんだよ。しかもさ、新婚旅行先は日本にしたいって言うんだよ。だから仁。おまえ、地元ローカルの人間として、その旅行の中身を考えてくれないか』ってね」

「……」

目の前の女性は黙っていた。それで仁は話し続けた。

「そう言われても、俺はありきたりの内容しか思いつかなかった。まずは、日本の国技である相撲がいいんじゃないかと思った。両国。それから宿泊は、恵比寿ガーデンプレイスのウエスティンホテルあたりが、立地的に便利でいいんじゃないかと思った。渋谷ハチ公前のスクランブル交差点は、一番東京っぽい場所だから見ておけよと言った。あとは、東京タワーとか、レインボーブリッジとか。ちなみに、東京タワーは夕方から夜にかけてが最高だ。その時は、俺が昔勤めていたレストランの窓際の席を予約してくれると嬉しいな……そんなメモを書いて、俺はそれをショーンに渡した。その窓際の席とは、つまりここ。今、君と俺が座っている席のことだ」

「なんで、そんな話を、今、私にするんですか？」

そう女性は尋ねた。

「話したいからだよ。俺は、ずっとあんたとゆっくり話がしたいと思っていた」

そう仁は答えた。

「俺の恋人は、何一つ悪いことをしていないのに、理不尽な理由で殺された。俺は、ひとり、この世界に取り残された。そういう気持ち、あんたならわかってくれると思ってさ」

「……」

更に仁はこうも付け加えた。

「それに、ショーンもロブもいない今、あんたを助けることは俺の最期の仕事のような気がしてさ」

「は？」

女性は、仁のその「助ける」という言葉にとても驚き、目を大きく見開いた。

「あなたの仰っている言葉の意味が全然わかりません」

そう彼女は言った。しかし、仁はそれには直接答えず、彼女が足元に置いていたボストンバッグを指差し、こう言った。

「いいね。渋いね。ショーンも、そいつをとても気に入っていた。それは、チーム・ロブ・フォックスのトレードマークだった。それと、あとはキャッシュで買った新車のブルーバード。その二つが、ショーンの宝物だった」

「……」

女性の口が少し動きかけた。

しかし、彼女の口から何か言葉が出ることはなかった。その前に、激しい物音をさせて、大量の警官隊が店に飛び込んで来たからだ。

「動くな！　動けばおまえを撃つ！」

そう先頭の男が叫ぶ。一斉に十以上の銃口が、仁に向けられた。

目の前の女性は、驚愕して体を固く固くしている。仁は穏やかな口調で言った。

「その銃は、俺には何の役にも立たないぞ」

そして、女性の足元にあったボストンバッグをさっと手に取ると、仁は周囲を威圧するように立ち上がった。

「ここに何が入っているかわかるな。おまえらこそ動くな！　全員だ！　客も、従業員も、この店にいる人間全員！　動くんじゃないぞ！」

運悪くこの店に居合わせた無関係の客たちが、最大級の恐怖を顔に浮かべているのが仁には見えた。

「それにしても、どうしてこんなに早く俺に辿り着けたのかな？」

仁は、先頭で飛び込んできた男に尋ねた。

「あんたの部屋を捜索させてもらった。次は東京タワー。その次はレインボーブリッジというメモを見たよ。あんたの車は、今やどこにも走っていない二十年も前の型のブルーバードだ。Nシステムを使ってあんたを追いかけるのは簡単だった。車はこのビルの目の前のパーキングで確認した。それなら、まずはあんたの昔の職場を調べるに決まってるだろう」

「ふうん。なるほどね」

「もう、このレストランは完全に包囲されている。武器を捨てて投降しろ」

そう男は銃を向けたまま言った。仁はボストンバッグを頭上にかざしたまま、ゆっくりと店の中央に動いた。

「このバッグには音声感知センサーってやつが入っている。俺がキーワードを言うだけで爆発するぞ。俺たちを包囲するんだったら、まずは他の客を退出させるべきだったな」

爆発という単語を聞いて、何人かの客が小さく「ひっ」と悲鳴をあげるのが聞こえた。

「それとも何か？　この店にいる人間を全員、警察は全員巻き添えにして殺すつもりか？」

先頭の男がまた答えた。

「客を退避させてたら、あんたに気づかれて逃げられるだろ？　だから、あんたがそうやって客を人質にするように、こっちも人質を使わせてもらう。赤の他人は殺せても、実の息子は殺せないよな？」

「？」


った息子は、そう仁の目を見て言った。仁は、彼には返事をせず、その代わりこの男にこう言った。

この頭の悪そうなガキは誰だ？　俺はこんなやつは知らないぞ」

怒した声をあげた。

怒鳴った。その須永に、仁は向き直った。

ガキ！　これも何かの縁だからおまえにいいことを教えてやる。血が繋がってけで愛されて当然と思うのは、ただの甘えだぞ」

こ!?」

先ほどの女性を指差した。

あの人と会話を楽しんでたところなんだ。おまえら、その邪魔をするな。俺話をする。そのあと、少しドライブもする。ブルーバードに乗って、レインボまで行きたいんだ。そこまで自由にさせてくれたら、東京タワーの爆弾の解ドをおまえたちに教えてやる。あれにも、これと同じ、音声感知センサーがられているはずだからな」

て、仁はボストンバッグをひらひらと振ってみせた。

はずとは何だ！」

一瞬、仁には言われている意味がわからなかった。次の瞬間、店のドア
よく知っている若者が入ってきた。
須永基樹だった。
まさか、ここに基樹がいるとは……こんな形で、二十年ぶりの再会をす
とは！ 仁の胸がズキリと痛んだ。その痛みを悟られないよう、仁は努め
ープする努力をした。
「東京全体の危機だからね。警察の上の上の上の方まで話を通して、超法
やつを約束してもらったよ」
須永はそう話し始めた。
「あんたが投降して、そして東京タワーの爆弾を解除すれば、あんたの名
公表されない。そして、お袋と貞夫さんは、念のため、違う名前をもらっ
む。その費用は国が全部持ってくれる。そうすればお袋は、この先も貞夫
な結婚生活ってやつを続けられる」
「……」
「今更、あんたの家出の理由を訊くつもりはない。あんたがどうしてテロ
魔に成り下がったのかも訊く気はない。ただ、こうなった以上、もうあん
だろ？ なら、頼む。あんたの中に、かつての家族を少しでも愛する気持
頼む、投降してくれ」

ます。これこそが世界共通、「エンターテインメント」というものの王道なのです。言うは易しというやつでして、どの位置どの角度でも（子供や車椅子利用者の目線位置も計算して）外が見えないようにすることは至難の業ですし、落ちているゴミやトイレのにおい一つで現実に戻ってしまいかねないお客さんの心を魔法の国に留め続けるには、案内板の縁取りから植え込みの葉陰まで、一分の隙もない演出が要求されます。ゲートに向かう橋に流れている音楽だって「スピーカーで流している」と分からないように丁寧に装飾で音源を隠しています。考えてみれば、それらの一つたりとも壊れたり汚れたりしていない、というのは脅威です。魔法の国を支えるのは地道な努力と妥協なき気配りなのです。そのおかげでお客さんはただそこにいるだけでワクワクの世界に連れていってもらえ、めくるめく世界を体験させてもらえ、心安らかに送り出してもらえる。これはテーマパークだけでなく、エンターテインメントというもの全てに共通する王道の一つです。映画でも漫画でもコンサートでも寄席でも、もちろん小説でもそうです。
秦建日子氏はその「王道」を熟練の手並みで披露してくれます。手際のよい状況説明、無駄を排した揺らぎのない文体、ページをめくるテンポまで計算しているであろう改行のリズムは、ゴミ箱の蓋にまで妥協を許さないディズニーリゾートを思わせます。そして読者心理の完璧なコントロール。本作の序章、平凡な主婦の平穏な日常――と思えたものが一瞬にして「戦場」に変貌するまで、なんとたったの三ページ。その三ページ目でお客さんはもう紙面から目が離せなくなり、「おいおい、どういうことだ？」「これか

らどうなっちゃうんだ？」と、ページをめくる手が止められなくなります。このストレスフリーぶり！　怒濤の展開で観客を飽きさせず、あっという間に結末まで連れていってくれるスピード感のある映画を「ジェットコースタームービー」と称したりしますが、本作はまさに「ジェットコースター小説」です。いえ、ジェットコースターは乗るまでに長い長い順番待ちがあり、*乗ってからも安全のための説明があり、ギッチョンギッチョンガッコンガッコンと時間をかけて最高地点まで上ります。本作にはそれすらありません。ただ本を開くだけですから。そしてジェットコースターは走り出してしまえばもうノンストップ。読者はキャーと言いながらただ席にしがみついているだけで、めくるめくスリルとサスペンスを安全確実に提供してもらえます。加速、アップダウン、ギュウッとかかる横G、いきなりの縦回転！　あっ今写真撮られた？　まあいいや楽しいから！　叫んじゃえヒャッホォイ！　連続カーブ、垂直落下、そしてトンネル突入！　あれ今後ろで変な音がした？　わーい何だろうこの温かいの！

振り返ると、後ろの客の首がなくなっています。

これが本作です。

本作の登場人物たちは、ほとんどが一見、どこにでもいる普通の人たちです。それが突然テロに巻き込まれる。日常の崩壊。当たり前だと思っていた平和の崩壊。恐怖し、

*園内に入ったらまずファストパスを取るのが定石です。

慟哭し、それでもとにかく助かるために闘わなければならなくなった普通の人たちの運命。読者はそれを紙面のこちら側から眺めつつ「しっかりしろ」だの「死ぬかと思った」だの感じていればいいだけのはずでした。読者は安全なはずでした。だってジェットコースターなのですから。お客さんをいい気分にさせるためのものなのですから。どんなにスリリングでも安全は保障されているはず。

それが突然、現実の衝撃に変わります。本作は、ただ心地良く楽しむだけのつもりだった——あるいは、読んでいるうちにそういう気分になっていた読者に、いきなり突きつけます。

——自分は安全だと思っていたのかい？

いつの間にか作中の人間たちの危機を「他人事として、眺めて」楽しんでいた読者は気付かされます。これは現実に起こることかもしれない。作中のこの人が、あるいはあの人が、明日の自分かもしれない。そういえば、本作の犯人は最初から言っていたのでした。「これは、戦争だ」と。

戦争は、画面の中の爆発ではありません。

ニュースなどでは「〇人死亡」などと簡単に表示されますが、人が死ぬとはこういうことです。テロが起きるとはこういうことです。「戦争しかない」などと簡単に言う人がいますが、戦争がどういうものか分かっているのでしょうか。日本政府は集団的自衛権を行使すると言いますが、それは他国の戦争に参加するということです。つまり今後、日本はテロの標的になる。その意味が本当に分かっているのでしょうか。

どんなに演出を工夫して忘れさせてくれても、ディズニーリゾートは千葉県浦安市です。一人当たりGDPランキングは下がり続けて二十六位、労働生産性も男女格差指数もG7最低の日本国なのです。ディズニーリゾートであっても絵の描かれたプレート一枚、置かれたプランター一つむこうは現実の街であるように、他人の危機を楽しむエンターテインメント小説も、紙一枚むこうに現実が広がっているのです。読者がそれに気付いたところで――クリスマスがやってくる。本作はそういう小説です。

（にたどり・けい＝作家）

本書は、二〇一六年に小社より単行本として刊行された『And so this is Xmas』を改題し文庫化したものです。

※この作品はフィクションであり、実在の人物、団体等とは一切関係ありません。

執筆協力　最上奈緒子（ＯＦＦＩＣＥ　ＢＬＵＥ）

サイレント・トーキョー
And so this is Xmas

二〇一九年一一月三〇日　初版発行
二〇二〇年一〇月三〇日　3刷発行

著　者　秦建日子（はたたけひこ）
発行者　小野寺優
発行所　株式会社河出書房新社
〒一五一－〇〇五一
東京都渋谷区千駄ヶ谷二－三二－二
電話〇三－三四〇四－八六一一（編集）
〇三－三四〇四－一二〇一（営業）
http://www.kawade.co.jp/

ロゴ・表紙デザイン　粟津潔
本文フォーマット　佐々木暁
本文組版　株式会社キャップス
印刷・製本　中央精版印刷株式会社

Printed in Japan　ISBN978-4-309-41721-9